孝子之养老也，乐其心不违其志，乐其耳目，安其寝处，以其饮食忠养之，孝子之身终，终身也者，非终父母之身，终其身也。

——《礼记》

感恩

三不惑丛书

总策划：罗美元

我的新家

黄沃若 著

天津出版传媒集团
百花文艺出版社

图书在版编目（CIP）数据

我的新家 / 黄沃若著. -- 天津 : 百花文艺出版社，2024.1

ISBN 978-7-5306-8664-5

Ⅰ. ①我… Ⅱ. ①黄… Ⅲ. ①报告文学-中国-当代 Ⅳ. ①I25

中国国家版本馆 CIP 数据核字(2023)第 180284 号

我的新家
WO DE XINJIA
黄沃若 著

选题策划：王　欣　　**责任编辑**：由高峰
书名题写：黄沃若　　**装帧设计**：云上雅集
出版发行：百花文艺出版社
地址：天津市和平区西康路 35 号　**邮编**：300051
电话传真：+86-22-23332651 （发行部）
+86-22-23332656 （总编室）
+86-22-23332478 （邮购部）
网址：http://www.baihuawenyi.com
印刷：湖南锦泰数字印刷有限公司
开本：710 毫米×1000 毫米　1/16
字数：100 千字
印张：13
版次：2024 年 1 月第 1 版
印次：2024 年 1 月第 1 次印刷
定价：78.00 元

如有印装质量问题，请与湖南锦泰数字印刷有限公司联系调换
地址：长沙经济技术开发区星沙产业基地红枫路 17 号 1# 厂房 101
电话：(0731)86151599
邮编：410137

序　言

张凯元

家是最小国，国是千万家，在中国人的传统观念里，非常看重这个家。这是中国人一生的安身立命之处，是终其一生的温暖与情结所在。

我今年90岁了，已经退休居家养老。去年11月中旬一个秋雨天的早上，接到我原来工作的夏铎铺镇政府朱立章主任打来的电话，说是要带一拨人来看望我这个老书记，同时想聊聊我当年在任上筹建敬老院的经过。虽然退休已经二十多个年头，但放下电话后我还是为之一振，老寒腿也似乎没有那么痛了，莫非党的二十大召开后，国家养老事业又有了新的政策导向？一个小时后，他们一行五人来到了我家里，一见面发现原来都是熟悉的面孔，其中最熟悉的就是中国航天

■ 忘不了服饰创始人罗美元拜访张凯元老书记

事业赞助商——忘不了服饰公司创始人罗美元女士。简单的寒暄过后，我们就切入到筹建敬老院的主题上，原来他们是想把夏铎铺镇敬老院三十多年创建历程的感人事迹编写成书，为社会树立敬老爱老的榜样，让更多的人来学习、弘扬中华传统美德。作为宁乡市首批筹建敬老院的倡导者、决策者、参与者，我十分高兴，当即与他们开怀畅谈，仿佛又回到了当年那个激情燃烧的岁月。

我在领导岗位任职期间，一共建立了三个敬老院，第一个敬老院建立是 1982 年在原花明楼公社担任党委书记时。南塘村一个五保老人因送饭的人疏忽饿死在屋里，这件事对我触动很大，觉得基层政府有责任解决失能五保老人的供养和老有所归的问题。于是经党委会讨论，决定建一个敬老院，将失能的五保老人集中到敬老院供养，并与所在生产队签订粮食供养协议，公社再挤出一点经费做生活费用，老人过世后由所在地接回安葬。通过这个办法杜绝了五保老人供养上的漏洞。

第二个敬老院建立是在1984年我调任原龙凤山公社党委书记时。当年机关危房要改造，上面拨了一笔经费。为了吸取南塘村的教训，上任后我第一件事就是先了解当地五保户的供养情况，发现存在花明楼公社同样的问题。于是我在党委会上提出推迟机关危房改造，先建敬老院的方案。大家一致同意后即着手选址征地、筹建班子，于次年建成了龙凤山敬老院。

第三个敬老院建立是在1990年我又调任夏铎铺乡党委书记时。这个乡的经济条件稍微好一点，加之积累了一些经验，因此敬老院建得更好。房子建成四室一厅，每个老人单独一间房，有独立卫生间，共用客厅有电视可观看，更舒适了，老人入住后对这个新家十分满意，各个喜笑颜开。1995年撤区并乡建镇，龙凤山、夏铎铺两个乡并为夏铎铺镇，把两个乡的敬老院合并到一起，扩大规模，成了现在的夏铎铺镇敬老院。

“当官不为民做主，不如回家卖红薯”，几十年的基层工作经历，促使我总是优先考虑民生问题，真心实意想为老百姓办点实事，建敬老院只是在自己的岗位上和职责内做了一件应该做的事。夏铎铺镇敬老院今日的发展，离不开两代院长、工作人员的薪火相传和勤劳付出，离不开历届镇（乡）党委、政府的高度关怀和社会各界的支持赞助，是各方共同努力的结果，这也是中华传统美德与社会和谐发展的完美写照！

党的二十大报告提出："实施积极应对人口老龄化国家战略，发展养老事业和养老产业，优化孤寡老人服务，推动实现全体老年人享有基本养老服务。"这样把养老敬老提高到国家发展战略高度，可以预期，我国的养老敬老事业将迎来更加美好的春天。

此书以爱心公益为底色，由忘不了服饰创始人罗美元策划，黄沃若撰稿，刘月清统筹，并获长沙市民政局支持出版，其善可嘉，其功可勉。此书的工作人员有近10人，鉴于我是该镇敬老院的首倡者，大家邀我作序，我年事已高，但乐见其成，也就勉为其难。

2023年3月

（张凯元系时任宁乡县夏铎铺镇党委书记，现已九十高龄）

目录 MULU

前　言

这是一本流淌着山泉、弥漫着花香的故事书，书中的故事来自一条名叫“夏铎铺”的古驿道上，地图上标明属于湖南省宁乡市。

这是一本回荡着亲情呼唤、浸润着血脉传承、饱蘸着感恩情愫的用真名实姓写成的书，书中的故事包装在夏铎铺镇敬老院的“盲盒”里，温润在父老乡亲的口碑中，流传在南来北往的快递线上。

这些故事，从一件延续了几十年的公益事业中，挖出了一个“父债子还”的事实；把清朝《老残游记》的婚事对联接穗，嫁接到了100多年以后的砧木上；这些故事中，有唱了十几年的对子花鼓二人转，有铁匠师傅拿起了画图画的毛笔，

敬老院航拍图

有老人做了菜一定要送给护理员吃，有“我想有个家”的老人进了敬老院就永远不想出敬老院……

这些故事，使我们在敬老院能看到幼儿园，走入游乐场，见识理疗课，相逢开智班，从而，也见证老龄社会老年事业发展的新的起点。

我们确信，这些故事的小情大道，将如真情的甘霖、德孝的泉流，渗透入人心。

01

出故事的地方
出故事的人

别老母

清·黄景仁

搴帷拜母河梁去，白发愁看泪眼枯。
惨惨柴门风雪夜，此时有子不如无。

湖南长沙有个宁乡市夏铎铺镇，“十里一铺”，这是古驿道上出宁乡去长沙的第二个铺。为什么叫“夏铎铺”呢？古时“夏”即大，“铎”为铃，那时这个驿站上挂了个很大的铃子，比一般驿站的铃子要大，驿马一到，敲铃发出的声音传出老远。

大约这个“夏铎”的震频是古今一脉的，因此夏铎铺这地方的故事，从古至今也传得远，传得多。比如：关公战长沙从这里经过；清代湖南“四王”之一王文清回老家歇息于此；1917 年夏天，青年毛泽东和萧子升游学中南五县对农村进行徒步调查，经过夏铎铺石仑关并留下精彩故事；改革开放后这里出了一对湖南籍的品牌服饰姊妹花——“忘不了”“圣得西”两个全国驰名商标……

今天我们要讲的故事，同样传出了老远，同样使人久久咂味。因为这些故事，陆陆续续发生了 30 多年，而且还在继续发生；更因为这些故事，全部发生在一个“百善孝为先”的敬老尊贤的地方，一个看似平凡琐碎却又日夜牵挂世人心的地方。

如果你有所感，不妨先看看这个引子。

夏铎铺镇敬老院曾海江是个大孝子，已经连任 22 年院长，今年 62 岁，也以院为家地坚守了 22 年。他要求工作人员护理老人定人定责，时时做到老人身上干净无尘迹，房间没有异味，安全没有隐患；老人弄脏了，工作人员要闻得、看得，老人发火了，工作人员要听得、忍得，并且自己先做

2022 年，敬老院温暖的大家庭

■ 湖南力特母线彭仕兵来敬老院慰问

到。为了在节假日不使院里的老人感到孤单落寞，他把父母亲和妻子都接到敬老院陪老人过年过节，于是妻子成为院里的护理员也干了20年，他家的大门也寂寞地关了20年，因为家与院相距6里多路，父亲过世后，曾海江不放心独居的高龄母亲，便在母亲卧室安装了监控。今年7月份的一个半夜，他在入睡前，像往常一样打开手机查看母亲房间的监控，发现老人家倒在地上。他腾地从床上坐起来，火急火燎赶回家，看到母亲没有大碍，才长吁一口气。“只是有点发晕，没事，你赶紧回去！”在母亲的多番催促下，曾海江又赶回敬老院，此时已经是凌晨两点多了。他怔怔地望着天花板直到天明，默默祈祷着老母亲健康长寿，等自己退休以后去陪她安度晚年。

敬老院由于地势和地质的原因，一直吃水不方便，曾海江和前任院长——他的父亲，不厌其烦先后打了四口人工井、两口机械井，都没有满意地解决问题，最后找自来水公司死磨硬泡，多个环节破例才得以解决。他锲而不舍的精神深深感动了全院老人，都说他就像自己的子女一样。他的故事也多得“离谱”，为了争取资金建院，他守“金主”的门外从半夜到天明；为了给老人治病，他在无计可施之时背着老人走了六里山路，将老人及时送进医院；为了保护公家的资产，他与偷渔者揪扭在一起双双掉进水塘。这些年，曾海江带领全体工作人员艰苦奋斗自力更生，种了菜，养了鱼，喂了猪，建好了特护房、健身房、阅览室、娱乐室，安了电梯，铺了步道，植了绿荫，整了草坪……走进院里，看到的是老人安详的笑容，听到的是老人发自内心的笑声，使人立马想到“岁月静好”那四个字。

生老病死，人之常情，红白喜事，同为乐之。在这个院子里，有老人玫瑰重开，白头连理，古稀老人廖湘国、唐淑兰就在这里再续良缘；也有老人尘缘已尽，兴而仙去，高龄老人罗

■ 敬老院一角

习富就是在聚餐时眷念感怀，高兴得不能自已，笑死在曾海江的怀里。《岳飞传》的评书里面说“笑死老牛皋”，没想到这三界之中，真还有“笑死人”“快活鬼”“活神仙”哦！

02

“五保”书记

岁暮到家

清·蒋士铨

爱子心无尽，归家喜及辰。
寒衣针线密，家信墨痕新。
见面怜清瘦，呼儿问苦辛。
低徊愧人子，不敢叹风尘。

夏铎铺镇敬老院可不是凭空产生的，它的源头，还在 20 世纪的 80 年代——

1984 年 5 月，也就是由人民公社、生产大队、生产队改乡（镇）、村、组的那个月，宁乡县（市）花明楼乡党委书记张凯元遇上了一件伤心事，即南塘村一个 60 多岁瘫痪在床的五保老人饿死了！其原因并不复杂，按全乡的统一规定，五保老人都是有适当安排的，有的村还安排得很好，更不至于饿死人。南塘村的安排是每户轮流给行动不便的五保老人送饭，因为轮到的某户外出走人家而委托别人送，被委托人把这事忘记了，等到他想起来已经过去了三天。张书记专门去了南塘村，发现这个瘫痪的五保老人住在一个较偏僻的单家独屋里面，心想他饥渴之时叫天天不应，叫地地不灵是多么的绝望啊！谁没有父母长辈，谁没有孝心同理心？这个年过半百的老书记见此情此景顿时悲从中来，禁不住泪眼婆娑。

回到乡政府，在当晚的党委会上他提出了办敬老院集中供养五保老人的问题。无拨款，到市县去争取；无场地，腾出已作他用的原知青点；无规则，立即召集全乡的村书记开会，边摸底边议规则边筛选负责人。就这样说干就干，抢在“双抢”前把全县第一个乡村敬老院办了起来。也就在这一年6月，宁乡县开始实施《农村五保户供养条例》，由乡（镇）、村、组三级负担，供养形式有亲属供养、协议供养、自耕自养、集体供养、敬老院供养，多形式的供养模式，掀开了宁乡养老事业新的一页。

同年底，张凯元调任龙凤山乡党委书记，驻关子冲办点，他进村的第一件事就是走访五保户。有了南塘的教训，他把党

敬老院历史照

委书记的第一要务放在社会最底层、最薄弱、最穷苦的老百姓的生活保障上。他走访的五保户中，有一位 80 岁的朱婆婆，住的房子矮得像个土地庙，问她怎么过的，她平淡地说“习惯了”。张书记心里一酸，问她愿不愿意住敬老院，朱婆婆认真看了他一眼问：“敬老院，在哪里？”张书记说现在还没有盖，是专门来听取你们这些老人家的意见的。朱婆婆这下就像看见菩萨一样露出了笑容，说：“快点盖吧，这一辈子能够住几天敬老院死了也不孤单。”这话使张书记很感震撼，群居是人性本能的需要，几十年独守空房无丈夫无子女，孤单不仅让人深深恐惧，有时更令人绝望。再了解其他五保户的情况，大多数是生活困难、孤苦无依，张凯元书记意识到住敬老院是五保户的普遍愿望。那时龙凤山乡办公条件不好，筹了几年资正准备修建乡政府新办公大楼，他在党委会上提议修建乡政府新办公大楼的事再推迟一年，先建敬老院，反复讨论后得到一致通过，并选定留婆塘村村委会主任曾凡庆担任院长，立即着手选址、拆迁等前期工作。在选址上，采用了关子冲村党支部书记谢志平的意见，选址关子冲，因为这里山清水秀环境好！随后，打报告立项，多方争取资金，征地拆迁，标定建设单位，指定敬老院工作人员。最终在市、县国土、民政部门支持下，征地 20 亩，第一期工程建成 400 多平方米的“7”字形（又称

创建初期的敬老院外景历史照

“推耙勾”）平房。在预留的第二期工程土地栽上雪松等绿化苗木，夏铎铺区公所和龙凤山乡政府的干部近百人次来参加义务劳动，一时大大地活跃了当地敬老爱老的氛围。1985 年 10 月，龙凤山乡敬老院正式建成，两名工作人员到位，10 位老人入住，一炮打响，第二年老人就增至 17 人。

1990 年，张凯元调夏铎铺乡任党委书记，他仍然把办敬老院作为优先事项，于次年在六度庵村 14 组办了一所夏铎铺乡敬老院，环境与规模不亚于龙凤山的，全部一进 4 间，每间住 1 位老人，4 人共享一客厅。成立那天，副县长姜益雄专程到场祝贺，笑称张凯元书记是“五保书记”。因为那一年，全县仅有 6 家乡村敬老院，居然有 3 家是他倡导、主持建设起来的，而那时入住敬老院的清一色的是五保老人，“五保书记”张凯元也由此而来。

1995 年宁乡全域撤区并乡建镇，夏铎铺、龙凤山两乡合并为夏铎铺镇。考虑到六度庵处于工业开发区，便在 1996 年以龙凤山敬老院为基础合并，改称“夏铎铺镇敬老院”，院长由曾凡庆担任。两院合一后，夏铎铺镇敬老院正式迈上了快速发展的轨道。

03

高楼有个好地基

忆母

明·史可法

母在江之南，儿在淮之北。
相逢叙梦中，牵衣喜且哭。

现在的夏铎铺镇敬老院，占地 30 多亩，建筑面积 4500 多平方米，拥有 100 间宿舍、140 个床位，配备了高标准的明厨亮灶餐厅，院内绿化、亮化、沥青改造、消防改造全部达到三星级标准。在特护楼里，不仅有供氧装置、呼救设备、单独的洗浴间，还有专业的护理人员为需要特护的老人提供一对一的护理，条件堪比正规医院。

可是，每当人们询问院里的老员工感触最深、最难以忘怀的是什么事情时，他们都不会遗漏敬老院成立的那一天。那是 1985 年的重阳节，那时叫作“龙凤山敬老院”，一个秋阳明媚、和风拂煦的早晨，早早地，人们兴高采烈、陆陆续续来到了这个山林之中的新生事物面前。关子冲，这是远近有名的穷山冲，敬老院，这是人们心目中和谐社会的一个重要构件，一般人是很难把这二者结合在一起的。所以，虽然乡政府只通知了各村的领导和各位入住五保老人的亲戚，总

■ 1985 年重阳节，夏铎铺镇敬老院成立，当时名叫龙凤山敬老院

共不过三四十人，但是好奇的、感兴趣的、看热闹的竟有 100 多人，一下子把一个寂静的山冲搞得热气腾腾。

开会之前，人们三五成群参观了五保老人的住房、小会议室、厨房食堂，第一印象是窗明几净，通明亮堂；第二印象是“推耙勾”房屋内外虽然简陋，但地面平整，草坪、沟坳绿化等焕然一新。因为这个场地开挖、烧砖起屋、打井植树连带空置待干的过程，便耗时一年有余，成了全乡人民高度关注的一件看似不大的大事。为什么看似不大呢？因为第一批住进去的只有 10 个老人；为什么又是大事呢？因为与民生有关，与政策有关，与孝老传统有关，是人民群众心目中翘首以待的大事。所以，现场参观的人们看得格外仔细，谈论也分外热烈。当时的乡政府秘书朱立章和民政干事黄乐之感慨地说，这是一次民生政策和孝老文化的现场宣传，既直观，又生动。当然，还有第三印象：老人的被盖新旧不一，因为都是自己带来的；厨房食堂还不“规范”，因为灶是用陈旧土砖打的，餐桌是用模板搭起来的，筷篮子是院长自己做的，筷子是院长自己削的，罩碗的罩子是会计袁跃兰自己缝的；还有，员工自己围的菜园子种的菜长得齐崭崭、绿油油，着实爱人，看得出种菜人的用心付出；还有，那厕所用“人”字茅串搭着，厕坑用水泥槽做成，门口挂的“男、女”标志

■ 2017 年 5 月 11 日，市政协领导及港澳委员视察夏铎铺镇敬老院新建食堂

不显眼，参观者你一言我一语说得笑喷了，有的说那水泥便槽太窄，视力不好的肯定对不准；有的说老人的眼神都不行，那“男女”二字不显眼只怕会走错门；也有知道内情的说因为打井没有找到水，厕所、澡堂和厨房都是临时的，重要的是要节约用水。这些随意之语，都被初上任的院长曾凡庆记了下来以待改正和完善。他知道，这个新生事物还有很多方面都是需要去学习去完善去探索的。他说，万事开头难，我们需要时间、资金，一件一件地来完善。

十点钟，成立大会正式召开。会议程序虽然有几项，但是令大家最入心的还真不少。

乡党委书记张凯元说：“今天的会议已经开了一半，就是大家自行参观的内容，由大家自己去思考，去讨论，去传达。我们为敬老院选了一个好院长，别看他身材单瘦，但是他热爱这项事业有使不完的力气，起高楼要有一个好地基，最好的地基是人。开会的下一半内容，由县里来的领导给大家作报告。”

县里来的领导是民政局局长张福培，他说：“敬老爱老是中华民族的传统美德，将来经济发展了，我们的敬老院还要多办，还要办得更好！”

04

对子花鼓二人转

忆母

清·倪瑞璿

河广难航莫我过，未知安否近如何？
暗中时滴思亲泪，只恐思儿泪更多。

湖南对子花鼓和东北二人转的共同特点是两个人一台戏，在农村广受欢迎。

夏铎铺镇敬老院成立之初，有入院老人十位，其中有一位需要全护理；工作人员两位，即院长曾凡庆，从留婆塘村委会主任任上调来，会计袁跃兰是有十几年医龄的赤脚医生，从弓箭塘村妇女主任任上调来，人们开玩笑说他们是来打对子花鼓的。其实，这个人员配置，用现在爱车一族的话来说是相当“豪华”的，因为这都是在职的村干部，是乡政府下面的二级机构骨干。可是从他们的工作内容来看，其他的骨干还不一定都干得了。比如需要全护理的老人，院长和会计就得轮流看护；有时老人出了状况弄脏一身，还必须两名护理员同时上演“二人转”才拿得下。除此以外，他们还要做饭、种菜、打扫卫生、救急送医，总而言之，是全包干，这样的综合素质，真还不容易具备。收入呢？也就是五六十元一个月，与个人能力明显相差一段距离。但是他们从来没有想过工资与付出是否成正比，靠的是良知、良心、爱心和奉献心做每一件事。

现在，找到当时的初创见证者，他们都不无感慨地说：刚开始是一片荒山，在乡政府支持下，曾凡庆老院长主持建设了 400 多平方米的砖混结构平房，室内简陋。当时国家对五保老人的生活保障不是特别完善，来敬老院居住的老人，粮食供给都是由各村收缴再送来敬老院，有的还不能及时到位。院内条件很差，老人生活艰苦，各种设施设备不齐，食堂用火都是烧柴，菜油还要省着吃，生活饮食勉强温饱，也无医疗保障，更无娱乐、健身场所等。曾老院长毫不气馁，

忘不了服饰风华乐队在敬老院表演

他既开动脑筋，又亲力亲为。那几年，他带着员工开挖地基，新建了一栋房子养鸡、养猪、做杂屋，除自种蔬菜外，还承租鱼塘养鱼，开办打米业务，发展经营项目，增强自身经济实力。大家齐心协力、克服困难，团结一致，日夜坚守，维持了院内人员基本生活，稳定了敬老院的正常运转，更为重要的是大家在一起有了一种家的温暖。

那时找人办事，虽然风气比较廉洁清新，但是“人之常情的沏茶敬烟”还是要的。在人们心目中，曾凡庆老院长是个兢兢业业、踏踏实实、直来直去的人，为人正直不占小便宜。如果要他为了敬老院的事去送点小礼品，他就感到为难，总是畏首畏尾像做了亏心事一样；而这个敬老院通常是个万事要求人的地方，所以那些年要筹资，要批小项目，要处理有关矛盾，总之求人的事情比较多，都得要他出面，真难为他了。有人回忆说，他口袋里常放一包好烟，却从来只看见他抽很差的烟，好的都是作待客用；要是出去求有关部门，他必须买包更好的烟，如果要拿一点见面礼，他还要邀一个人同行壮胆，否则他半天不敢进屋。但是，如果做出力的事情他胆子又大，敬老院各种各样的大小事情，他总是挺身而出、迎难而上，很有担当，比如有老人半夜病了，他摸黑走小路去叫医生；有老人过世了，他陪着遗体坐上拖拉机送回老人原来所在的村上，交由村上的人负责组织安排老人的后事。几十年如一日，院里的老人走了，他从不声张，总是一个一个悄悄地把他们送走，院长总是担心影响到其他老人家的情绪。

“二人转”的主角之一袁跃兰说，老院长的艰苦扎实和认真细致给她留下了非常深刻的印象。敬老院的大门他总要亲自检查是否按时关好了；晚上他和工作人员一样不出门，要在院里照顾老人；夜里老人不舒服了，他坚持要把医生喊来，绝不会等到第二天；他做事从来不甩大袖子，总是亲自动手，院里搞建设起鸡屋，人工打地基，他带头上阵不辞劳苦；做事讲规矩讲质量，有次工作人员栽的莴笋没栽好影响成活率，他就扯掉自己重栽。他的这些好作风一直影响着全院的员工，形成了讲责任、重质量、比爱心、为大家的好风气。采访组问已经七十出头的袁跃兰，那时五保户的粮食要收上来有困难吗？袁老说，当时农村生活还比较贫困，群众每户负担一点粮食送到敬老院作五保户的开销，有的村好一点的会收了粮食送过来，有的还要由院长和我们工作人员到村上和队上、到各家各户去收。我们自己开荒、种菜、养鸡，鸡蛋给老人吃一部分，卖掉一部分作开支。另外，组织老人一起扎竹扫把出售，做坛子菜，等等，想尽办法保证三菜一汤的基础标准。衣服被子，老人入院的时候都有的，只是那个年代太穷了，吃不饱，穿不暖，被子都不知道盖了几十年了，黑黑的、硬硬的没有什么暖和气；在那个物资匮乏的年代，民政局每年会计划性发放一点物资，到了院里也只能轮流分配，上年发了的，今年就不发。在分配上，院长还需要绞尽脑汁做工作，要做到各位老人都心服口服。听她说着，大家顿生恻隐之情，敬意也油然而生。

1991 年，龙凤山敬老院被评为“长沙市优秀敬老院”，曾凡庆老院长被评为“优秀院长”，袁跃兰被评为“优秀服务员”。敬老院的发展步入正轨，以院为家成为他们的第一个传统。

05

“人都要老的”

忆父

清·宋凌云

吴树燕云断尺书，迢迢两地恨何如？
梦魂不惮长安远，几度乘风问起居。

曾凡庆老院长到敬老院主持工作以后，入住老人也不断增加，但他的家里就极少有他的身影了，儿子曾海江还在部队当兵，田里土里的事，“内政外交”的事，就全压在他妻子一个人身上。

这难免不使他妻子有想法：“以前当村干部，要管一千多人，那么多事情，三天两头还能见到他的影子在屋里转，如今管一二十个人，经常好长时间都见不到人影。要退休的人了，倒是越干越起劲！”

这话听起来，像是埋怨，又像是表扬。

这也正常，改革开放十几年了，村民与以前的公社社员相比，虽然是同一个人，但是事情要多了不少，以前生产队做事出工，都由队长安排，现在要自己安排；以前田里的犁地活有专门的人做，现在每户由男劳力做那些重力活，女人家除了插秧下田，平常主要只管做饭喂猪、鸡鸭

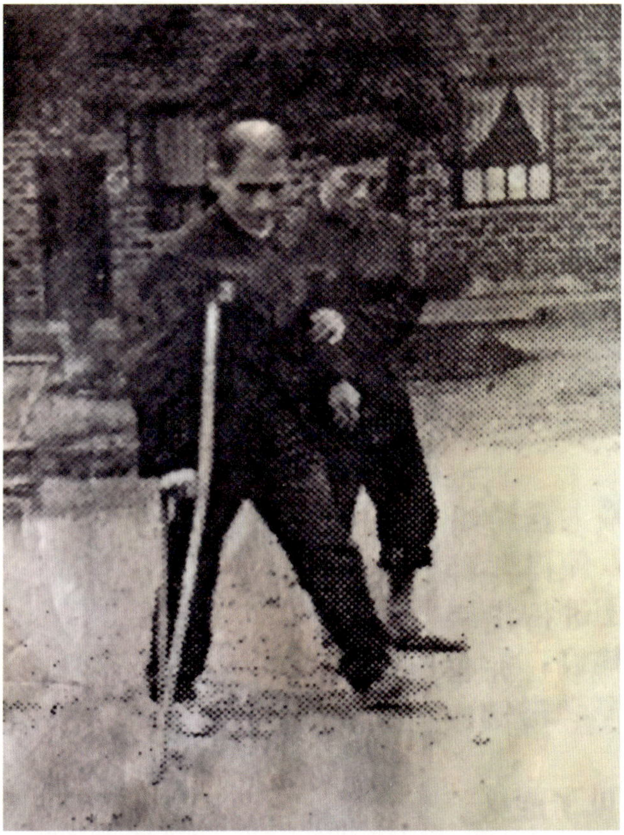

■ 1999 年 3 月 15 日的《宁乡报》报道，老院长曾凡庆接待宁乡县个体劳动者协会前来敬老院慰问

下蛋，至于卖猪借牛、砍柴换工、盖屋搭棚的事情更是不管；以前田里看水开沟、积肥翻凼统一安排而且以男劳力为主，现在家里如果男劳力不在，就全靠妇女。像曾凡庆老院长这样长期守在敬老院，他妻子既要管内又要管外，碰上干旱的“水纠纷”，她还要去负责扯皮，你说揪心不揪心？何况夫妻在一起几十年，习惯做事有人搭手，说话有人搭腔，哪怕是吵嘴有个对手也觉得心安，现在突然难见踪影，真还不习惯，埋怨是很正常的。

可是，人家是村干部的家属，觉悟还是要比一般人高出几分，知道老公是在服从安排，全心全意地在照顾老人，所以她的埋怨里面又多少带有表扬的成分。

曾凡庆老院长家是这样，和他同一天到敬老院的袁跃兰家何尝又不是这样？因为敬老院离不开人，经常会使自己家庭蒙受一些损失。不过，他们那个时代的共产党员大多都有舍小家为大家的觉悟，家属埋怨几句以后自然就风平浪静了。当然，也有大一点的事情可以把埋怨变成牢骚，甚至拍桌打椅。

大约是 1988 年农忙季节，曾凡庆老院长在院里挖地基准备盖养猪场，自己家的田里要水翻田，他妻子守了大半夜的水，估计第二天可以耕田，后天就能插秧了。可是第二天一早去看，水被别人截走了，她气不打一处来，小跑六里路冲到敬老院指着丈夫曾凡庆的鼻子大骂。当时敬老院的老人们知道曾院长为了大家过上好日子，牺牲了太多自家的利益，都说院长太累，可是，院长的妻子就不累吗？所以都不知道怎样劝解才好。曾凡庆呢？他自知妻子在家很累，加之不善言谈，所以只能一个劲地赔不是，请妻子谅解。搭帮同事袁跃兰在一旁解释和抚慰，而她们俩很熟识，有姐妹情谊，院长妻子的怨气正好到了尾声，也就表示理解了。这样发脾气的事情两家都有过，只是往后越来越少了，甚至有时还主动来院里帮忙。比如院长妻子见老公确实太忙，后来干脆到农闲季节主动搬了过来，就像院里的员工一样，见事做事，有人产生矛盾了，她还走出来散是非，成了老公的好帮手。有人夸奖她，她却说不是来帮老公的忙，而是看见袁跃兰一个女人家把自己屋里的事情丢下不管，跑来敬老院做公家的事，为大家服务，被感动了，是来向袁会计学习的。可见，“一人兴善，万人可激”，此话不假。

曾院长妻子这话真不假，其实也是在替老公表扬袁会计。说起这个袁跃兰，全院真还没有不夸赞的。就讲这办养鸡场，鸡还八字没一撇，她就上山砍竹子围了个养鸡场，请在省民政厅工作的儿子和他的同事来参观。智慧的袁跃兰会计真是个好管家，通过她的策划争取到了省民政厅的支持资金。于是，鸡生蛋，蛋孵鸡，最多的时候上了一千只鸡，老人的生活也就改善了。不但如此，院里挖勘起猪寮夜里担土她参加，喂猪养鸡她参加，打米创收她参加，有人生病要请医生她也去，院内老人有矛盾了，院外有人找是非了，她总是积极主动上前调解。她个子不高，像节庆日子里儿童喜欢的套娃，一张娃娃脸上常挂着笑容，看见她脾气先消一半，可以说，她还真是曾院长的一个好帮手。采访中问她“当时有些什么想法”，问这样的话其实有点“天吊绳”，要她从哪里答起？不过她到底见过世面，浅笑着淡淡地说：“人都要老的。”没有豪言壮语，没有高深理论，没有装腔作势，这五个字看似平淡，却大有学问，是“生成”的，是用“爱”熬制出来的。

古人云，“无心为善，乃是真善”，此自然生成，非佛心不可得。

采访时正好看到电视台播“国宝级”的科学家，其中有航空母舰的总设计师，有歼-20 战斗机的总设计师，我们说，“国宝”是大功臣，是国家少不了的，我们的袁会计也是大功臣，是我们敬老院少不了的，她是我们的“院宝”。这是采访团队的心里话，现在老院长已经离我们而去，“二人转”就

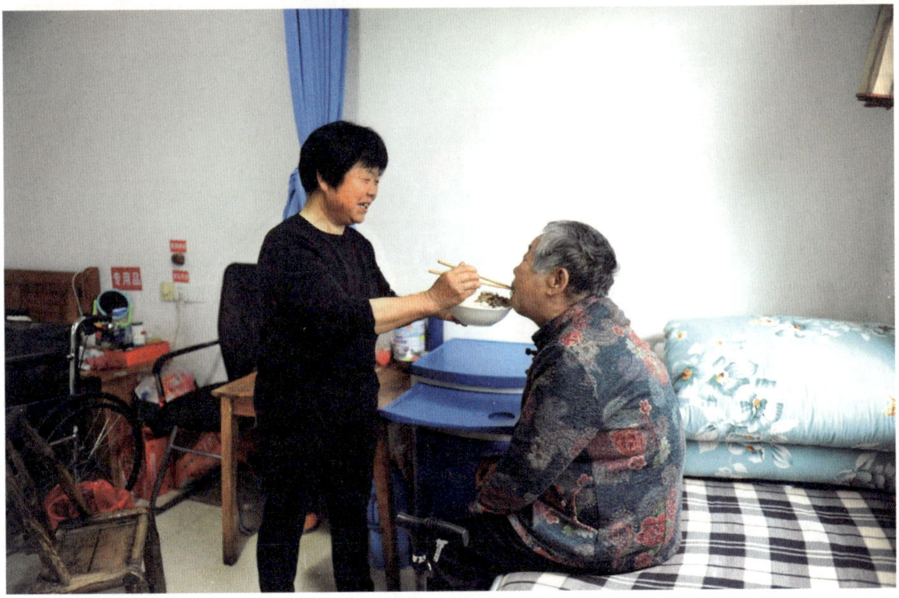

■ 敬老院第一任会计兼护理员袁跃兰退休前手把手地把服务工作要求教给儿媳刘赛琼

剩她一人了，她是敬老院的老前辈，和二代团队携手一起传承前辈的优良传统。她也希望这种优良传统一直传承下去，影响身边更多的人来关注、关心身边需要关心的老人。

06

特护员

京师得家书

明·袁凯

江水三千里，家书十五行。
行行无别语，只道早还乡。

特护与特警有所不同，但这个“特”的含义却又是相同的，非同一般。

现在的夏铎铺镇敬老院有一栋特护楼，是专门为需要特别护理的老人们安排的。这里的老人，基本都是不能自理的，为了做好对老人的全方位服务，探索创新养老模式，传递幸福，镇社会事务办和敬老院制定了一整套工作流程和要求。在院部，人们看到了这样一些文字要求：

1. 全自理护理：为老人建立档案，为可以自理的老人提供文化娱乐活动。

2. 半自理护理：为老人建立档案，按时提醒并帮助老人吃药，为可以半自理的老人提供健身、打牌等活动；为老人洗衣服，带领老人洗澡理发；帮助他们健身以恢复他们的健康功能。

3. 完全不自理护理：为老人建立档案每天测量血压体温并记录，按时喂老人吃饭吃药，每天帮助老人活动肢体，为老人按摩、翻身、擦洗污渍等；为老人洗衣服，提供老人用防褥疮床垫，经常擦洗老人身体。

上述这些要求，已经接近“社会主义初级阶段”的现代化了。已退休的夏铎铺镇党政办秘书朱立章曾经去看望省政协原秘书长谢凯老人，汇报了敬老院的情况，谢秘书长一时兴起，题了一首藏头诗：

夏雨春风，铎震金鸣。
铺连湘楚，镇锁沩宁。

这首诗反映了夏铎铺镇政府春风化雨执政为民的风貌，既是鼓励，也是嘉许。

可是，在曾凡庆老院长主持工作的那些年，有这个条件吗？有这个能力吗？他们那个时候，就没有需要特护的老人吗？他们是怎样走过来的呢？

1995 年，金花桥村有个叫谢振华的终身瘫痪老人，那可

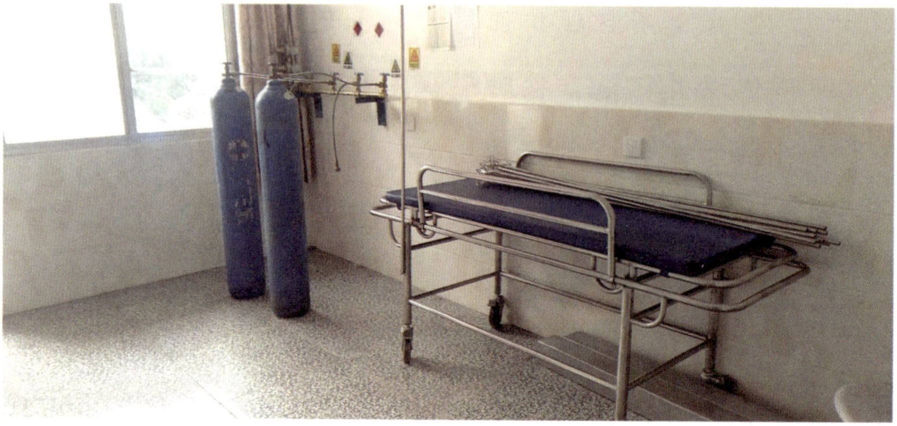

特护室

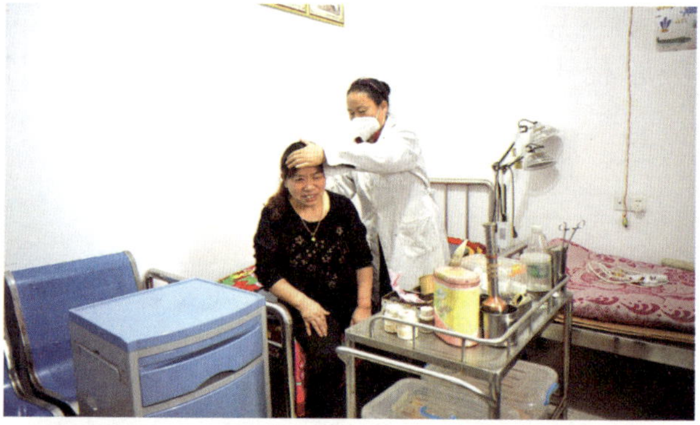

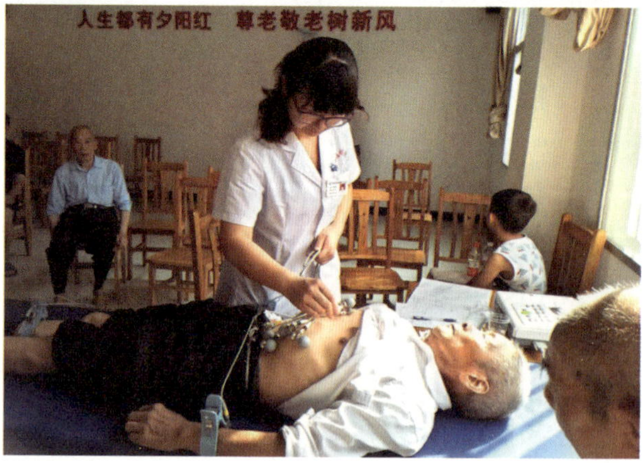

敬老院特护医生熊爱华为老人们提供诊疗服务

是个吃喝拉撒睡全在床上的人，什么亲人都没有，这样的人能够活下来，已经是奇迹了，没有社会的关心和周围人群的照顾，是根本不可能的事情。入院后，曾凡庆反复强调，谢振华患的是软骨病，因此导致他多处肢体残疾，我们是敬老院，护理上相对要专业一些，乡政府把这个任务交给我们，我们要把社会主义的优越性体现在工作中。因为他全身不能动弹，随时都可能有生命危险，所以给他翻身的时候，必须要两个人到场，不能一个人霸蛮坚持去做，那样又可能造成他新的骨折。人手不够的时候，就把炊事员叫上，所以从现在起，炊事员要把这个“业务”学会。那时，入院老人已经有近30人，而工作人员只有4个，确实人手不够，所以对谢振华，除了周建军、袁跃兰为主负责外，其他如曾凡庆、1996年调入的冯爱华以及炊事员等都参加过临时护理。其中，袁跃兰为全院的特护树立了很好的榜样，也为后来的特护工作积累了不少行之有效的经验，她的工作态度、工作方法、工作成绩，都具有开创性。

特护工作是一项对护理员素质要求特别高的工作，除了爱心和专业知识之外，还要求敢于突破陈旧观念的束缚，善于做护理对象的思想工作，甚至还要在被护理对象“打骂”时，具备超过常人的忍受力和忍耐力。比如，护理员一般都由女性担任，当有不能自理需要全护的男性老人接受洗澡服务时，除了不习惯外，可能会出现拒绝、反抗甚至“打骂”的现象，在这种情况下，特护员只能根据特护对象的病况、性格，有的放矢地做细致的劝导，安抚对方的情绪，抓机会完成自己的工作。

谢振华在入院之前本就不怀生的希望了，这一辈子他自认为是来还上辈子的孽债的，所以他愤愤然随时准备死去，甚至把活当成了死。入院后，没想到院长和员工会待他如亲人，他觉得换了个世界，温暖使他有了活下去的勇气。这温暖的感觉，父母在的时候最强烈，没想到这感觉又回来了。亲情的回归使他经常感动得掉眼泪，也使他坦然面对死亡撑过了三年，最后走得安详。

袁跃兰在平常总是把护理对象当成自己的父母，这一份真情使她闯过了一道又一道难关，也使入院的老人们感激不尽，更使在她以后入院的冯爱兰、刘赛群、唐定华、曾冬华、戴佩妮、袁小辉、易杏元、易彩霞、袁利新、熊爱华、谈湘元等护理人员得到教育、鼓励和启发，使夏铎铺镇敬老院的特护工作做出了名声，这是后话。

07

鸟枪换炮以后

将母

宋·王安石

将母邗沟上，留家白紵阴。
月明闻杜宇，南北总关心。

老院长曾凡庆为首的团队在艰苦的环境下始终坚守着，使夏铎铺镇敬老院从无到有，从小到大，逐步有了规模，也有了影响。采访组看到一篇2000年底《宁乡日报》的报道，上面有这么一段话：

他们打造养猪、养鸡的基地，全部靠敬老院自己的员工，实在忙不过来时偶尔请部分临时工来帮一帮；土自己担，打米自己做，一心一意坚守在院里；院里的老人年岁大了，渐渐不能动弹，有的还要接屎接尿，他们总是暖心服务；老人的临终陪伴关怀都是院里工作人员来做。俗语说好事不出门，他们却是好事传得远，一传十十传百，来参观的多了，要求入院的老人也多了，至今已有40多人。于是，员工也在逐步增加，房屋又要扩建，活动场所又要扩大了……

这是好事，就像《沙家浜》里面说的，“人也多了，枪也多了，鸟枪换炮了”。但是，曾凡庆脸上高兴着，心里却又有些苦涩和担心，他知道，这些“换来的炮”，有些是赊来的，有些“炮”的炮弹还打不响，他内心急着呢！自己已经65岁了，为什么还不退休呢？他想还清账再退，可是这几年，还了旧账又欠新账，怎么也还不清。按说，“公家的事”，管那么多干啥，退休了对上面一交不就可以走人吗？干了那么多成绩，欠点账算什么？可是这个曾凡庆老人（要知道，他自己也是老人了啊!）什么办法不好想，他居然想到了“父债子还”！多么纯朴、多么实在、多么有担当的老人家！“勿言年齿暮，寻途尚不迷”，古人咏老马，老马真识途。

他向镇政府（乡已改镇）提出了自己的想法，镇政府也在考虑这个问题，但是，他的儿子刚40岁，正担任留婆塘村的村支书，镇党委、政府还舍不得放呢！于是向他说明敬老院院长已另有人选。

曾凡庆是个服从上级不打折扣的人，二话不说就回去了。他儿子曾海江与父亲的风格不同，他知道敬老院不容易办，而且还欠了10多万元债务，那时候可算个天文数字，他有心去还这个债；再说，敬老院这地方他也经常去，了解情况熟悉人，去工作随时可以上手；他也明白，父亲这十几年为敬老院拉下的各种社会关系，只有他最清楚，也最能顺利地接下来，换了别的人就要打折扣，重新起步更难。于是他主动提出来去

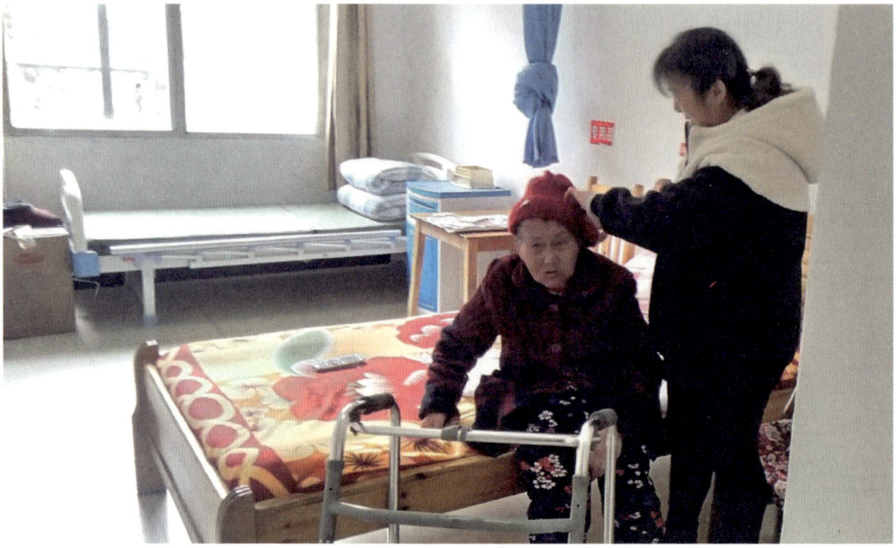

护理员唐定华为敬老院老人提供护理服务

接任。父亲不说乡政府已经安排了人，故意改口说，我都做不下去了，你还去做什么？这其实是交个底考验儿子。曾海江历来是个知难而进的人，他立即去找了时任镇党委书记廖非平并最终得到许可，但是在全村党员大会表决时却没有通过，大家是真的要留下他。海江便把与父亲不同的风格“亮”了出来，上午开完会，下午就找个借口搬着铺盖去了敬老院。

曾海江是 2001 年 7 月到敬老院的，他在任村支书时，妻子唐定华就特别支持他的工作，现在到了敬老院，那地方唐定华去过，知道自己的公公当院长时候的诸多难处，丈夫虽然年轻有能力，但那些难处不是还在那里放着吗？她问了丈夫敬老院人手不够以后，二话不说就于2003年春节之前搬到了敬老院，她做好了准备在那里过年！她这一去以院为家坚守岗位，竟然一连在敬老院过了20个年。

唐定华一到敬老院就接手了一个全护理老人，即88岁的杨秀英，对于她这个未经培训且第一次就要面对棘手活儿、人称“书记娘子”的中年妇女，还真是个考验，可是谁也没有想到，“无惧脏和累”竟然是她的绝活儿，这一干就是20年！此外，她还是个通情达理、敢于担当的人，她不但做好了本职工作，而且只要丈夫外出，就更加认真地看着院里的事，防止出差错，尤其能主动调解老人之间的矛盾。有一次，曾海江去政府办事了，老人李中武用碗盛汤，喝了一口后又倒到菜桶中。老人易雪岳上前骂他：“你这个蠢货，太不讲卫生了，自己喝过的汤又倒回到桶里，别人还要吃哒。”蛮横无理的李中武一边反驳一边准备动手。唐定华立即上前制止，批评了李中武，说些公道话，才免了一场斗殴事件。就这样，他们夫妻俩以院为家，自家的房子却闲在一边陈旧破烂了，到处漏水，直到2021年才把房子换了瓦，修缮了一次。我们问唐定华，对于这20年经历有什么感触吗？她动情地说：“有，还不少呢！第一，这么多年离开自己的儿女和年老的父母，没有回家陪伴他们过一个节日，也没有给父母和儿女应有的照顾，要感谢他们给我的理解支持。第二，我们每个工作人员都有一个共同的目标：给老人们营造家的感觉和氛围，让他们永远热爱这个地方，我们一直在努力，他们满意了，我们就高兴。第三，这里给我的人生留下了很多终生难忘的印象，我与老人、同事都结下了深厚的感情，成为亲密的一家人，不想分离。”

我们望着她那朴实真诚的眼神，被她的话感动着。

曾海江夫妇的这些经历，其实是全敬老院员工的缩影。他们共同卧薪尝胆，历十余年把老账还清了，虽然在 2012 年前全院一直是陈旧、简陋的土坯房，但是他们稳住了老人生活和工作人员的待遇，入院的老人也增加到了 50 多人。而且，全院铆足劲要上一个新台阶，用人们开玩笑的话说，“鸟枪换炮以后，还要换飞机”。

那些年，尽管生活艰辛，每逢传统佳节，他们都为老人准备丰盛的菜饭；在老人生日当天专门准备一份生日礼品，欢迎老人的亲戚朋友来探望，等等，这些生活细事他们看作大事，一直坚持下来，就是要让每位老人都能过得称心、舒心，更安心，人人乐享晚年。

08

“我想有个家”

九峰过重阳

宋·陈藻

算来七十五重阳，无酒今朝对菊黄。
记得苏杭船上坐，一番醒眼咏诗章。

入院的五保老人，大多是独居多年以后才进来的，因为以前的孤寂环境，有的老人性格孤僻怪异是难免的，甚至横蛮不讲理也是有的。对这样的老人，员工除了忍耐，更多的是用真情去化解，用行动去温暖，用同理心去说服。

蔡家冲村有个叫易光贵的老人，75 岁了，未婚，很少有人与他来往，虽然读书不多，但是讲歪道理厉害；2010 年入院以后，性格明显的刁蛮古怪，从不配合院长工作，也不维护院里的事情，是那种“白天只愿牛斗架，晚上就想火烧天”的角色，不但看“热闹”不怕事大，还经常与别人发生争吵，被称为院里的“一坨毒”。入院不久有次与别人吵架，院长知道后，公平公正、实事求是地批评了他，他竟然自以为有理，大吵大闹、大反西天，居然还说出“是可忍，孰不可忍；叔可忍，婶不可忍”的话来，弄得人哭笑不得，感觉无法可治。院长知道这种人不是一两次能改好的，因此一直忍着自己的脾气，多做工作，多包容，多关心。慢慢地和他对上眼了，他也开始信服院长了，还对人说："曾院长有能力有水平，去办企业肯定赚大钱，来办敬老院，自己冇赚我们赚了。"有一次，院长与他交谈，谈到家庭这个话题，他从最初的自暴自弃、一概否定，转到一声声叹息……这时电视机里传来歌声："我想要有个家/一个不需要华丽的地方/在我疲倦的时

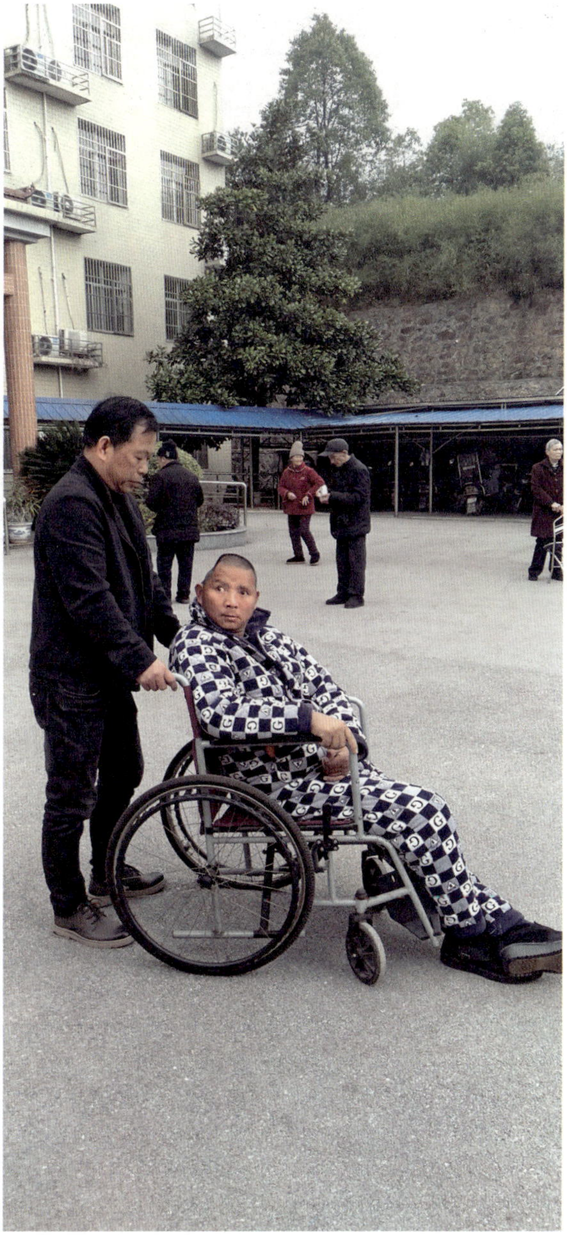

敬老院曾海江院长亲自为老人推轮椅

2020 年 10 月，曾海江院长陪同志愿者给夏铎铺镇敬老院老人送礼物

候/我会想到它/脸上流着眼泪/只能自己轻轻擦/我好羡慕他/受伤后可以回家/只要心中充满爱/就会被关怀”听着听着，易光贵的眼睛红了，交心似的说：“我一直想有个家，唉！不说了，现在这里就是我的家了。你是个好家长！”

2013 年的除夕，院里跟往年一样，工作人员忙忙碌碌，都在清理卫生、置办新年饭，一派热闹祥和的气氛，老人三五成群，脸上充满了喜悦，临近中午时分，厨房里更是热气腾腾。丰盛的各式菜肴正一碗一碗地往餐厅的桌子上端，等到菜上齐了，工作人员打开餐厅的门，把老人们迎进来，大

志愿者给夏铎铺镇敬老院老人送礼物

家颤颤巍巍好一会儿才在自己的位置上坐好。按照往年的习惯，新年饭一定要喝一点酒，大家相互祝贺新年、彼此敬酒送祝福，表达对美好晚年生活的由衷赞许和感谢，院长也会来举杯到每桌向老人们敬酒表达祝福。今年也不例外，院长边敬酒边要大家别过量。一个叫罗习富的老人特别激动、特别高兴，一改往日的蛮劲，主动端起酒杯站起来和院长碰杯，一饮而尽并温情地说："院长，这个大家庭真好！"才见他高兴得不能自已，不料突发的情况出现了，当他准备坐下去时，有些无力摇晃的样子，眼睛却深情地望着院长。这时院长还没有离开，看到这个情况，马上伸手扶住了他，他把头靠在院长的肩膀上，嘴唇嗫嚅着，然后整个身子倒在院长的怀里，院长见状一边采取急救措施一边要员工联系救护车，并且一直抱着他，在入病房之前，他还是走了，安详平和，没有痛苦。在这个世界上，他率性地活过，想说的话都说了，在临终前几年找到了自己的家，他没有遗憾。

像罗习富这样的老人，其实还有不少。

香山冲村的周章华老人没有儿女，2005 年入院，喜欢找曾海江唠家常，常说自己孤身一人，以前就担心死得寂寞，现在敬老院就是自己的家，能够在这里度过余生没有什么可担心的了。后来，他终老在曾海江的怀里，显得那样心满意足。

几十年以来，夏铎铺镇敬老院这个“家”，确实很有家的温馨，工作人员每天早、中、晚按时到老人房内巡查，保持老人房内清洁，定期为老人换洗床单被絮；对于失能和半失能人员及时送茶送饭送水，从性别的做事特点出发，但是洗头洗澡洗脚从不分男女；对行动不便的病人送医送药到床前，对危重病人及时送医院医治，使之能得到及时的治疗，尽快恢复健康……老人们普遍反映，除了物质生活得到满足以外，最令人感动的就是“暖心”。

09

“离不开的人”

西上辞母坟

唐·陈去疾

高盖山头日影微，黄昏独立宿禽稀。
林间滴酒空垂泪，不见丁宁嘱早归。

农历九月初九，二九相重，称为“重九”，民间在该日有登高的风俗，所以重阳节又称“登高节”。由于“九九”谐音“久久”，有长久之意，自古以来民间常在此日祭祖与推行敬老活动，慢慢也就成了约定俗成的“老年节”。

夏铎铺镇敬老院自成立以来，每年的重阳节活动都在镇政府的支持下开展得有声有色，而 1998 年的重阳节更是空前热闹。这一天，县民政局、镇政府以及各村的领导，还有不少的企业代表和民间人士参加，加上入院老人的亲属和看热闹的村民，总数不下 300 人。活动组织也有板有眼，有院长向各界做工作汇报，有捐赠仪式，有领导和群众代表讲话，有文艺活动。除了丰富多彩的文艺活动特别受欢迎以外，捐赠仪式也引得人头攒动，笑声和赞扬声不绝。

在捐赠仪式上，有一个每年都来参加捐赠的中年妇女格外引人注目，虽然她总是低调再低调，但是她来的次数多，捐得也多，人们自然会想到她，会关注她，她就是夏铎铺镇上的名人罗美元。

她为什么每年都要来呢？她为什么那么慷慨呢？

高楼大厦不是一天建起来的，参天大树不是一天两天长起来的。

罗美元受母亲影响自小就爱亲孝老。自从1984年参加当时的龙凤山敬老院建设，她就关注上了老年人的事情。她历来说干就干，找人查到当年全国人口抽样调查的结果，发现老年人口比重由1982年的4.89%上升至1984年的5.46%，将来还会继续上升。进而，她在抓企业生产的同时，拿出一部分时间和精力来关注社会。她发现，1980年代中期那几年，一些媒体进行的生活方式调查、美满家庭调查，大多反映出社会的发展和人民生活水平的提高，其中老年人口的生活状况也浮出了水面。经过调查，她发现1978年全县五保户由生产队年人均供应稻谷400斤，生活费48元，烧柴另给；1984年改为三级负担，稻谷700斤，乡（镇）补助10—15元。由于政府关注民生，总体水平是提高的，但是因为执行水平不一，要求进入敬老院的老人在逐年增加，而1987年，全宁乡仅有5个乡办了敬老院，入院老人只有62人。“农村老人为我们付出得太多了！”罗美元当时发了个誓：每

2013 年爱尚美丽美容养生尊尚会所去夏铎铺镇敬老院慰问

年都要坚持来敬老院，持续给老人一份力所能及的关爱。就这样，她不断开拓市场，不断扩大生产规模，忘不了服饰有限公司得到了社会与广大消费者的认可。她不断开拓市场，不断扩大生产规模，十年三大步，于 1997 年成立“湖南省忘不了服饰有限公司”，次年独家荣获湖南省“消费者信得过产品”称号；加之她对五保老人状况持续关注和反映，受到广大群众的欢迎，于这年当选湖南省第九届人大代表。难怪这年重阳节，她在台上台下，得到普遍的称赞。他们说：“罗美元讲忘不了服饰不是来施舍，而是来报恩的。”

■ 2016年重阳节，忘不了服饰创始人罗美元慰问夏铎铺镇敬老院，并与老人们促膝长谈

■ 宁乡县碧桂园学校“温暖重阳，关爱老人”敬老活动

当时，会议主持人要求罗美元代表捐赠的集体和个人在台上发个言。她噔噔噔大步走上台讲了几句感动一片人的话：“我是人民的女儿，我忘不了人民的养育恩，忘不了时代给了我创业的机会，忘不了人们并不富裕，祖国还要发展，我将继续努力创新开拓，继续尽责关注民生，我将以人民代表的名义联系敬老院的工作！为了老年事业的发展，我将生命不息，奋斗不止！”

后来，敬老院曾院长曾经动情地说过这样一句话：“罗董事长每年都来，而且一年不止一次，我们也着实盼望她来，她能带给我们气场，总使老人们感到温暖，她是我们离不开的人。”

罗美元则说：“夏铎铺镇敬老院的事业经历了两代人，院长也像愚公移山一样‘子承父业’，我一直被他们感动着。”

人说大厦不是一天建成的，同样，人的成长也不是一天造就的。由于罗美元自己的不懈努力，在连续两届被选为省人大代表后，2008 年，又被选为全国人大代表。她先后提出 30 多项议案或建议，其中《关于倡导全民心态建设，促进社会和谐的建议》《关于加大五保供养力度，健全社会养老服务体系的建议》等提案或建议，均被采纳并影响深远。她本人的视野和格局也大大提升了，自觉地、持之以恒地把敬天爱人孝老

■ 2016 年农历小年，忘不了服饰执行董事刘佳玫为敬老院的老人们送上冬衣，陪同他们就餐

扶幼，与社会的和谐、国家的发展联系在一起。

“欲传春信息，不怕雪埋藏”，罗美元从借 150 元买缝纫机起步办企业，筚路蓝缕，凌霜傲雪，迎来春之消息，30 多年来为公益事业捐款 3000 多万元，其中敬老院超过 200 多万元。她自助得助又助他利人，使人想起第 26 届奥斯卡金像奖最佳女主角获得者，英国女演员奥黛丽·赫本一句名言：“我有两只手，一只用来帮助自己，一只用来帮助别人。”罗美元也是这样做的。

百水异源，有泽同归。夏铎铺镇敬老院后来越办越好，有赖于全社会站位提高，共识同振，因而左右逢源，上下共襄，罗美元便是其中的代表。

时任县人大常委会主任贺应辉得知罗美元在敬老院和其他公益事业中所做的工作后说：“人大代表联系敬老院的办法值得推广。”

这后来形成了宁乡的一条经验，有力、有效促进了敬老院工作和老年事业的发展。

10

“让他们感到家的温暖”

步虚

唐·司空图

阿母亲教学步虚，三元长遣下蓬壶。
云韶韵俗停瑶瑟，鸾鹤飞低拂宝炉。

在夏铎铺镇敬老院，每一个人都能感受到什么是“老有所养、老有所依”。这不仅表现在院内的环境宜居、设施配套，更体现在工作人员的文明礼貌、服务周到、笑容温馨。据说，这是院里对全体员工的第一要求，实际上，都体现在一个“爱”字上。

冯爱华是个“久经沙场”的干练女人，入院工作 26 年了，不知淋湿过多少回家的梦。不过，久而久之也就把院当成家。她的特点是闲不住，看见事就自然而然地伸手做，不管谁要熬药、炖菜、熬粥，或者需要热水、开水，她都是有求必应，哪怕以前烧柴烧煤的时候也是一样。有次有 7 个人要熬早药，她 4 点钟起床用 7 个罐子熬。她说，让老人们感到家的温暖，就要使他们感觉到在家里一样的方便。从事特别护理时，她也同样细心周到。特护，一般人都知道很麻烦，要不怕脏，不怕累，不怕一件事刚做好又因为病人的缘故要

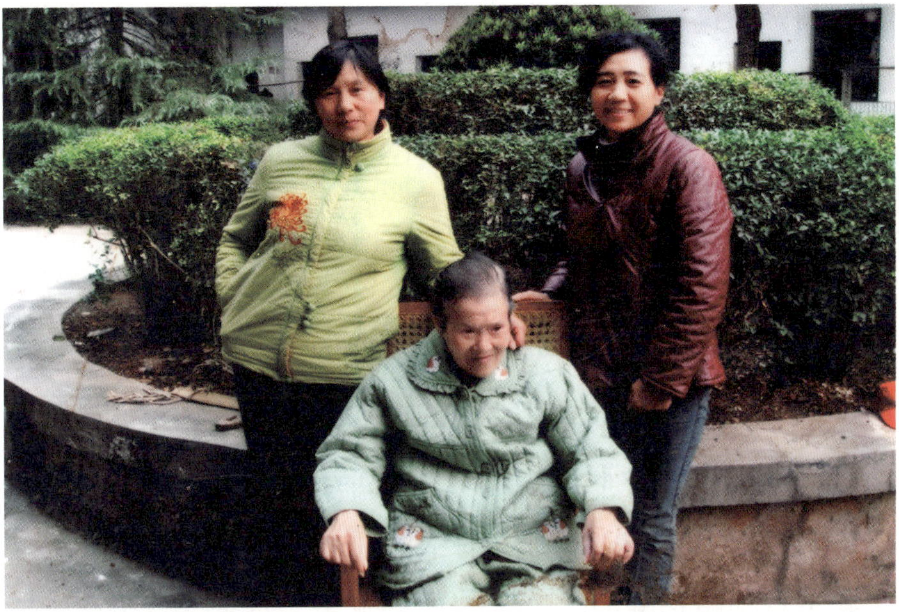

护理员冯爱华为敬老院老人提供护理服务

重新做，真够闹心的。不过，比起乱发脾气的病人来，这还算好的。因此，特护员的看得、闻得、忍得是必须具备的心理素质，是他们的基本功。

彭田山是个智障老人，有次年前到亲戚家逾期未归，冯爱华正准备与他亲戚联系，却接到加油站电话说老人在那里撒泼，根本管不住，她连忙冒着寒风把老人接回来，一路上老人不像平常听指挥，老说菩萨不要他回来。原来他去了庙里求神，时间久了把裤也弄脏了，冯爱华费了九牛二虎之力才把他弄回。一到敬老院便帮他换洗衣服等，直到半夜才把他安顿好。这样要外出接人的事情发生过多次，有次去接一个老人，老人居然中风了，她既联系车子又联系医院，累得一塌糊涂。其他老人说："你真不嫌累啊！"她回答："做事就要做好，要凭良心嘛！"

有个女退休教师叫刘洁文，84岁了，江西赣州人，离异，身边无人，孤苦伶仃，沉默寡言，2006年入院后，冯爱华有事没事主动和她聊天，亲切地称她"刘姥姥"。她虽然还算听指挥，但是智力障碍，高度近视，行动不便，还有糖尿病，属于基本不能自理，而她又有洁癖，爱干净到了极致。冯爱华是个特别耐得烦的人，不论春夏秋冬，每天坚持为老人擦洗背部和搓揉腿脚两次。有次老人被护理得特别愉快的时候，突然问道："小冯啦，你有妈妈吗？"冯爱华像学了心理学一样马上回答她："我虽然叫您刘姥姥，其实您就是我的妈妈。"老人家听了当时就哭了起来。那以后，她常常把冯爱华当成自己的女儿，话也多了起来。2021年她的脚后跟溃烂，冯爱华找医生上门来治疗，坚持按时为她擦药，很快好转，她几次发出怜爱的叹息："唉，我的女儿真好。"

香山村的梁景华，虽然能够自理，但是喜欢外出，每次外出还快活似神仙，边走边唱一些乡村小调，甚至还找冯爱华借点小钱出去用。冯爱华不管他还不还总借钱给他，心里

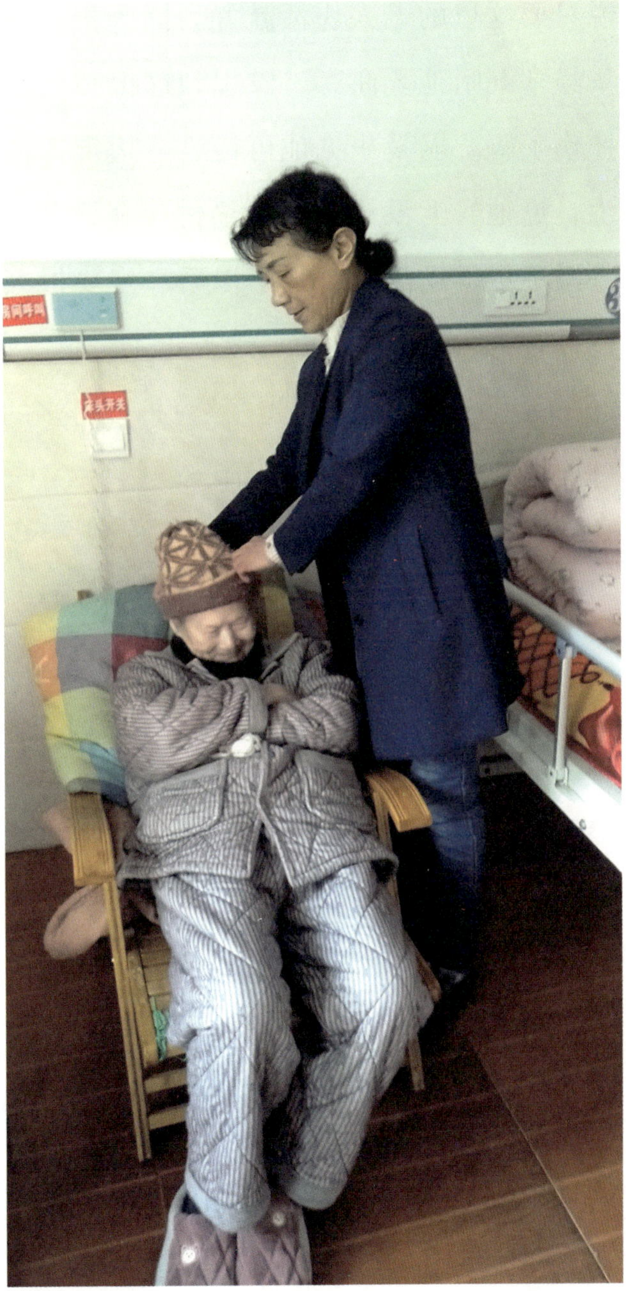

■ 护理员冯爱华为敬老院老人提供护理服务

说只要这里的老人快活就好。因为担心他在外不安全，冯爱华经常嘱咐他要注意，没想到这担心成了真，2016 年他在外摔伤了脚。冯爱华见他可怜，一边批评他一边为他请来了医生，见他身上没钱又为他垫付现金，继而又为他熬药，使他感激不尽，反复说脚好了以后一定要报答她。只是天不遂人愿，居然在两个月之后，老人走了。

院里每次有老人“走了”，护理得多的工作人员都心里难过，有的还情不自禁掉眼泪。

11

“为善者不云利”

思母

宋·与恭

霜殒芦花泪湿衣，白头无复倚柴扉。
去年五月黄梅雨，曾典袈裟籴米归。

袁利新是2017年进入夏铎铺镇敬老院的护理员，五年来，深受院内老人们的夸赞。她不论是琐碎麻烦的事、辛劳费力的事，还是脏污邋遢、见着闻着心里难受的事，只要看到老人家痛苦又为难的样子，便有一种“该出手时就出手”的冲动，要去帮助，去化解。

不妨看看有关袁利新的两个工作片段，就会知道她是一个怎样有爱心的人。

“坤爹，不要折磨自己，太难的时候叫我就是了。”这是袁利新在和患有重度糖尿病、高血压的老人周六坤说话。原来，老人大便解不出，自己用手去抓去抠，弄得指甲里、衣服甚至被子上到处是粪便，房间内臭气难闻，他又急又恨，把自己身上都掐出了血。老人正低着头呻吟，听到袁利新的声音，又见她一进来就没有嫌弃，还细心地收拾着，觉得自己对不住她。周六坤老人入院时连话都讲不出来，整天只能卧床，大小便失禁，每天晚上都把衣服和床上的被子尿湿，

护理员袁利新为敬老院老人提供护理服务

致使袁利新每天早上起来第一件事就是要为他换衣服换被子，因此他很难为情，很自责。袁利新则总是用笑脸安慰他，耐着心不厌其烦地帮他洗，把身上、床上、指甲擦洗得干干净净，告诉他不要自责，对自己的身体没有好处，还告诉他护理员不会有任何嫌弃他的想法。除了卫生清洁外，每天还要给他打针、喂饭、喂药，温馨地守在他的身边，甚至陪他聊天、讲故事。经过一段时间的精心照料，老人的病情有了明显的好转，他的亲属每次来探望时，看到床上、身上干干净净的，更没有难闻的气味，尤其是见他精神气色都好，心情舒坦，很高兴很感谢也很受感动，表示老人在这里安度晚年，他们非常放心。

“小、小袁，谢谢你，给、给你！”一个患有帕金森病的老人，很困难地从内衣口袋里掏出 100 元钱，硬要塞到护理员袁利新的手上。老人叫李福金，从入院开始就只能卧床，而且每两个小时要给他翻一次身，吃饭也只能一小口、一小口地喂，经常还得像哄小孩子一样才吃得下；他自己完全不能站立，下身插了尿管，需要天天消毒，全身都需要擦洗；140 多斤的体重，帮他翻身、抱他起床都要费好大的力气，袁利新也因此常累得腰痛。李福金老人虽说患有帕金森病，也说不出话，但是心里很明白，明白护理人员的辛苦和付出，

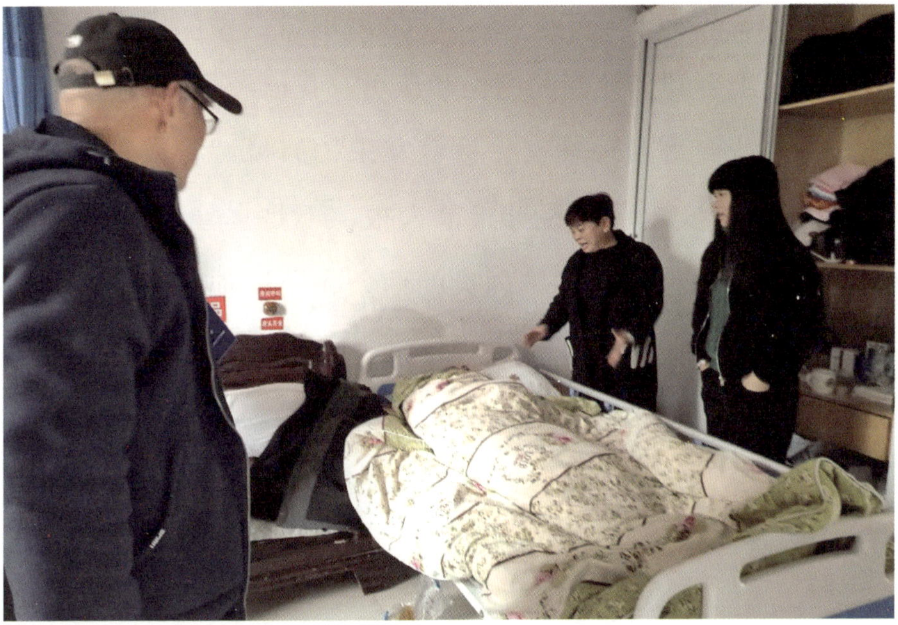

护理员袁利新为敬老院老人提供护理服务

因此常怀感恩之心，可是又没有什么可以报答的，于是这天，他结结巴巴地硬要袁利新收下这 100 元钱。袁利新当时心里很感动，自当护理员以来，她总是勉励自己，始终要带着一颗爱心、细心、责任心来工作，视老人如同自己的亲生父母一样对待，护理好每一位老人的生活；她知道“老吾老以及人之老”的古训；她也知道，“人都会老去，他们的今天就是我们的明天”；她更知道，“为善者不云利，逐利者不见善”，所以，她在感动之余谢绝了老人的赠与，并用道理说服了老人家。她后来说："这么些年护理过很多的老人，我的辛苦和付出得到了他们的信任和认可，我已经很满足了！"

明末清初著名理学家、教育家朱柏庐说"善欲人见，不是真善"，其实也可以说"善欲人报，不是真善"。这便是袁利新的信条，也是众多护理员的信条，所以他们能够遵从古训"为善者不云利"。再进一步，他们为什么能够做到呢？他们的文凭不见得很高，见的世面不见得很多，甚至有时候难免也有点小脾气，但他们拥有善良的美德和人之常情："将心比心。"而将心比心，为别人着想，即是善心。

12

采访实录

蜀中九日

唐·王勃

九月九日望乡台，他席他乡送客杯。
人情已厌南中苦，鸿雁那从北地来。

这是一篇未做修饰的采访记录，因为被采访者温婉的内心用质朴的外表包裹着，她的原话很朴实，很实在，也很打动人，作者决定原篇托出，使读者看到的护理员更真实。

问：请你作一个自我介绍。

答：我叫刘赛琼，到夏铎铺镇敬老院从事养老护理工作18年了。

问：护理员每天的工作内容有哪些?

答：就是24小时要不厌其烦、尽心尽力地照顾好每一位你负责的老人，包括送餐、端水、喂饭、喂茶、喂药、洗澡、翻身、端二便，打扫卫生、洗衣服和被褥、整理房间，这便是我工作生活的全部内容。

问：24小时?

答：是的，吃住都在院里，如果半夜老人出了状况，你必须第一时间起来处理。

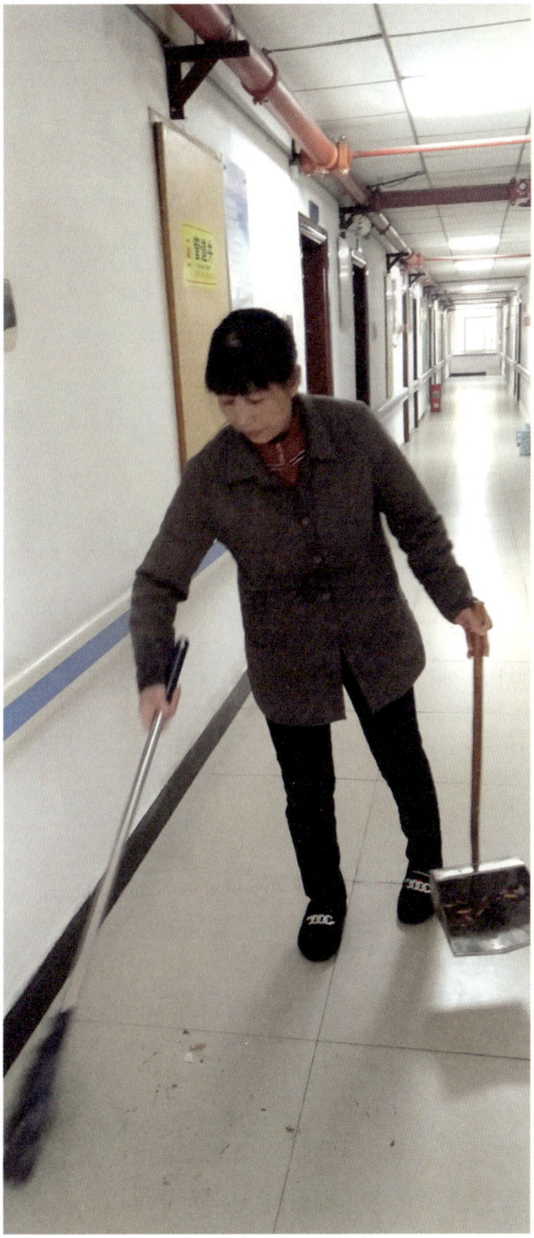

■ 护理员刘赛琼在专注的打扫卫生

问：18 年重复做这些，觉得烦琐吗？

答：习惯了。

问：习惯成自然。

答：（笑）是的，不习惯就不自然，就会觉得烦琐难熬；习惯了日子就容易过，18 年好像就是一瞬间。

问：什么时候可以回家呢？

答：基本上以院为家，丢了家里的事没有管，这么多年记得只回家吃过一次年夜饭，子女的大事都是处理完了马上就回到敬老院。

问：难道不想子女？不牵挂他们？

答：不可能不牵挂，有时候想起来也难受。

问：怎样难受？

答：心挂两头的那种难受（低头，触动心思）。

问：一头是子女，一头是工作？

答：（纠正）一头是子女，一头是老人。

问：老人不是工作吗？

答：老人是……（望了我们一眼，没说下去，有点动情）

问：父母？

答：……（点头，没说话）

（我们坐在她护理房间的门口，这时房内传来细小的声响，她马上入房，从床上扶起一位老太太，一边小声与老人说话，一边帮她清理床铺，同时请我们关上门——大概是弄脏了。采访告一段落。）

（半小时后）

问：这样清理一次要多久？

答：（浅笑）说不准，刚才给她喝了水，按摩了一下。

问：说说她的情况好吗？

答：她叫谈玉梅，96岁了，我叫她易娭，因为她老公姓易，易娭一生艰苦，生育了三男三女，现三个儿子媳妇都已经去世，留下三个女儿及孙辈。易娭来院之前由三个女儿轮流供养，后来女儿年纪大了，力不从心，护理不了她；加上易嫔腿脚不好，行动不便，人也糊涂，女儿和孙辈们商量，决定送到敬老院来养老。

问：她来多久了？不能自理吗？

答：易嫔来 3 年多了，自理能力很差，每天要喂饭、洗澡，经常把大小便拉在身上。初来时她觉得很难堪，自己还不肯说，有一次她把大小便拉身上了，我过去要帮她换洗裤子，她硬是不肯承认，说不是她拉的，我忍着笑也说不是她拉的，是她重孙拉的，她才点头让我清理。事后，易嫔总会笑眯眯地说“害了你，辛苦你了，谢谢”！她有时候吃饭吞不好噎住了，就发脾气不肯再吃，我也是细心地做工作，要她慢慢吃，吃了饭才有劲，还夸奖她有福气子孙孝顺，现在政府社会都好，日子会越来越好。她听了一高兴又吃起来。(笑得开心，像在夸自己的小孩）她对我说，搭帮你护理我好，还经常开导我，不然我早就冇在阳世间了，修得你子孙发达安康、自己身体健康！听了老人这样说我，我心里舒服。我经常对他们说这是我应该做的，你们开心养老，我们快乐服务！

问：你现在就护理她一人吗？

答：不一定，根据工作量临时调整。我现在护理两个人。

问：还有谁？

答：还有一个叫吴中华，80 多岁了，他入院时间和我的“院龄”一样（幽默地笑），也是 18 年（我们跟着她笑）。吴嗲嗲无儿无女，又患高血压，生活困难，没有经济来源，18 年前村干部送他来敬老院的时候，生活还勉强能自理，随着年龄的增大，身体各项机能都下降，逐渐变得行动不利索了，现在走路时都会颤抖，身体不受控制，有时走一步退两步。我每天按时帮他打饭、送水，给他洗衣被，帮他把房间打扫干净，整理物品，有时候帮他外出购买东西。吴嗲嗲不善言辞，但是每次我在做事的时候，他总会说：“辛苦你了，做了好事！”

我们告别心直口快的刘赛琼时，谢谢她抽时间接受采访。她说：“不用谢！老龄浪潮来势很猛，希望你们多宣传关爱老人，多宣传公益事业。”

13

老与小的辩证法

九日作

唐·王缙

莫将边地比京都，八月严霜草已枯。
今日登高樽酒里，不知能有菊花无。

护理员曾冬华身形稍胖却又显结实，要是年轻二三十岁，估计是个举重运动员的苗子。我们这样和她开玩笑，她豪爽地哈哈一笑说，我还真的每天像练举重一样呢！她 2012 年来敬老院工作，至今已整整十年，不算长，也不算短。

她专职护理过的老人有多少，一时也记不太清，不过现在护理的对象有两个，这两个都有一段时间了，而且相对固定。

第一个老人叫曹青秀，因血管堵塞动过手术，最后变成偏瘫，不能说话、只能坐轮椅，生活不能自理。曾冬华每天的工作任务就是给她喂饭喂水，起床要抱上轮椅，睡觉得从轮椅上抱到床上，真亏她健壮结实有力气，既要像带“毛毛”一样细致，又要熊抱虎势拿得出粗力，还要粗中有细举重若轻；老人大小便都失禁，经常搞到床上、裤子上，必须立即清理干净；老人不能运动，每天喂饭都要好好把握，只能吃到七八分饱以防消化不良；为了保持大便畅通不发生梗阻现象，每天要利用空闲时间喂点水果给她吃。总之，吃与拉是护理她的头等大事，其他的时间就是处理她的个人卫生，洗衣服和被褥，打扫房间，陪她说话并且观察她的情绪变化。“你这样不厌其烦，真难得！”我们夸奖曾冬华。

“其实，有时候心里也烦呢！”曾冬华说这话的时候，好像有点委屈要吐出来。

“是的，这很正常。”我们理解。谁没有烦的时候？尤其是面对这样的护理对象，将心比心，我们能做到她这样好吗？

“十年了，没在家过一个年节和生日，这些都不算什么，

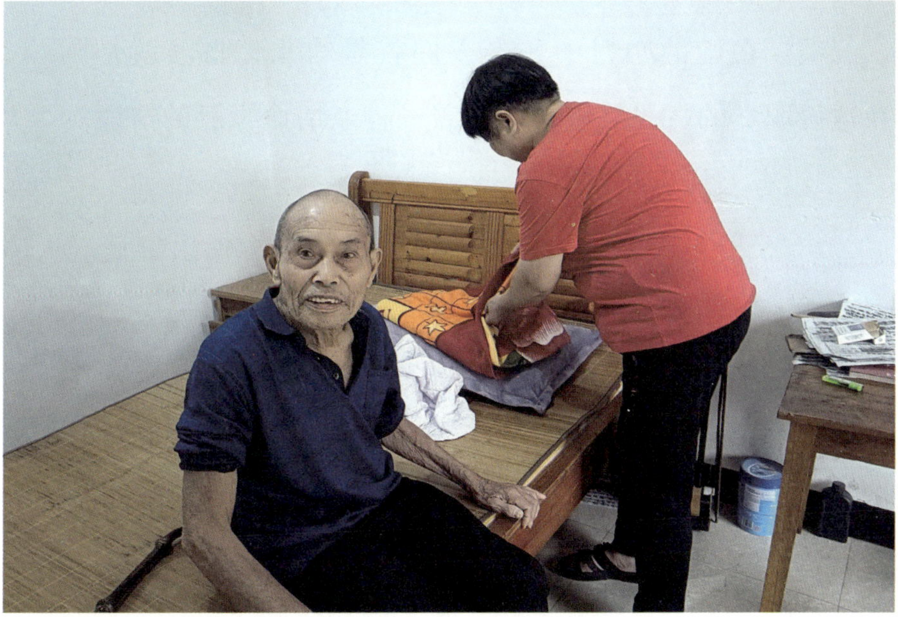

护理员曾冬华为敬老院老人提供护理服务

就是女儿和媳妇生孩子也不能回去帮忙，搭帮两个亲家母都理解都能干。”她一边说一边用手卷自己的衣角，好像尽量在控制自己的情绪。

像她这样，长期丢下自己的去做别人的，我们能做到吗？我们在心里反复自问。

“这些都还不算什么，就是老父老母病了不能回去照顾，打个转身就要马上返回来……”

“为什么呢？”我们打断她的话问道。

“生怕我护理的两个老人发生意外，他们就像幼儿园小班的孩子，一刻也离不得阿姨。”

哦！在她的心目中，老人们就是幼儿，自己就是阿姨，在这份职责的自律之中，渗透着一种亲情血缘般的情愫。

“没有人代班吗？”

“有，但是大家都忙不赢，心里总挂着，怕出事情。” 怕出事情，换一个角度看，这就是一种担当和责任。

“你说还有一个老人是谁？”

曾冬华情绪平缓了一些，讲起了另一位老人唐秀元，因患有老年痴呆症，精神有点不正常，平时生活不能自理，大事小事必须照顾到；吃饭经常把饭倒到窗台上，甚至吃一半，地上掉一半；自己要大小便，有时候都分不清楚，不知

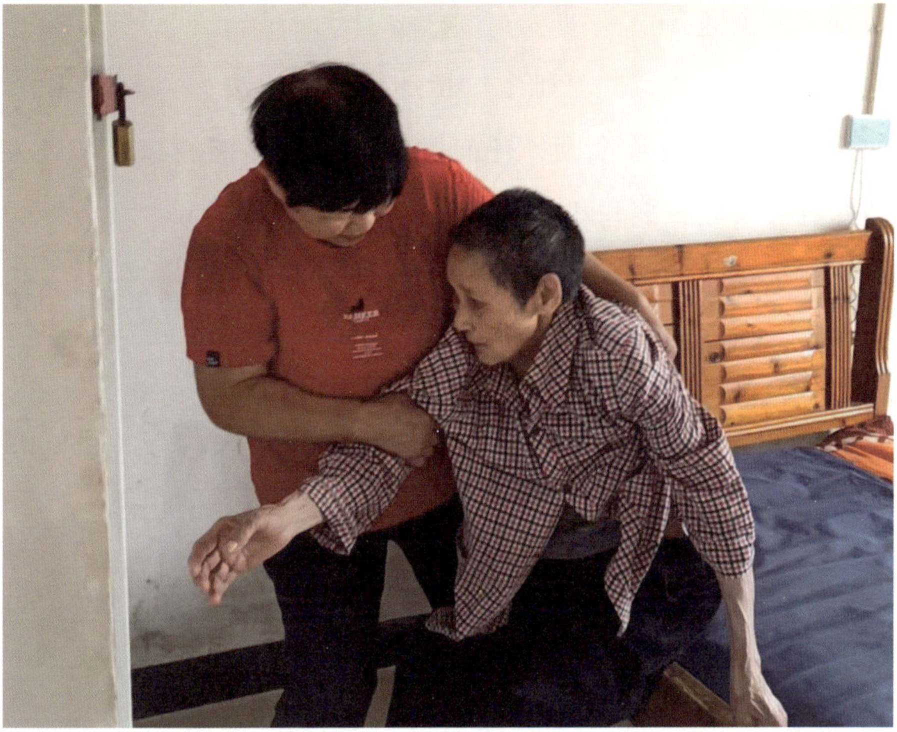

护理员曾冬华为敬老院老人提供护理服务

道是要大便还是要小便；喜欢乱跑，更令人烦恼的是，喜欢去别人房间拿东西，拿了东西要么不说害得人到处找，要么又说给你听让人哭笑不得。护理这样的老人，就像带个刚学会走路的孩子，她在前面把周围的物品破坏，护理员跟在后面收拾烂摊子，并且，还可能有看不见猜不到的“烂摊子”。

“你总喜欢把老人比作小孩。”我们用欣赏的语气说她。这种“阿姨”情结，要么与生俱来，要么与爱有关，或者兼而有之。

她却在这二者的基础上，增加了一个说法："老小老小，如果把人生看成一个圆，任何一个点都是小孩的起点和老人的终点，所以，老与小是分不开的。"

曾冬华，我们没有问她读过多少书，但是这几句话，接近了辩证法的水平。不，这就是辩证法。

14

月圆，人此时圆

九日

唐·杨衡

黄菊紫菊傍篱落，摘菊泛酒爱芳新。
不堪今日望乡意，强插茱萸随众人。

关汉卿散曲有“晚宿在孤村闷怎生眠，伴人离愁月当轩。月圆，人几时圆？不似他南楼上斗婵娟”的句子，为什么今天这个故事的标题，要把“几时”改成“此时”呢？

因为，这是一个“此时圆”的故事，是一个月没有圆，人却圆了的故事。

1999年重阳节，夏铎铺镇敬老院一对花甲老人结婚了，而且，他们的媒人就是敬老院的院长曾凡庆！

那么，新娘新郎是谁呢？分别是唐淑兰和廖湘国。

这个故事的看点很多，还得从头讲起。

廖湘国是夏铎铺镇高桥村人，入院那天他很神气，对人说：“高桥晓得啵？就是毛主席下车的那个村！下车的那个地方就在我的屋门口！我还跟毛主席照了相！”读者不要以为这里连续三个惊叹号有点过分，他确实说话是高声武气带激动的，有时顺带还把口水弹出来。敬老院的老人们听他这样说，有的惊奇，有的羡慕，有的激动，围着他问长问短。老人们对毛主席都有一种天生的感情，廖湘国是参加过抗美援朝的老兵，更把他看见毛主席的经历当成一生的荣耀。不过，他的话也可能添油加醋了一点，当有人说毛主席下车与群众照相时没有他，他竟然说他照完相就走了，当然没有他。他的这个“历史”故事讲了几十年，但基本事实并不假，毛主席确实在他们高桥那里下过车。

廖湘国可能生来就是个出大故事的人。他到敬老院已是60多岁了，进来几年也快奔“七”了。忽然一天他看见铁石

廖湘国、唐淑兰花甲老人的结婚照

坳一对新入院的夫妇，其中那妇人就像天上掉下的“林妹妹”，进而闻知那老公有沉疾，妻子照顾多年无怨无悔，于是心里好生羡慕她的那个老公。

这以后，他虽然也曾经夜有所梦，但是他知道那不是自己的本分，多想无益，渐渐也就秋水无波，顶多是把“唐淑兰”三个字放在心里念一下。

世上的事情也是无巧不成书，一年后，唐淑兰的丈夫因病去世了。廖湘国在为之叹息以后，慢慢地又对“唐妹妹”萌生了爱惜之意。不过，那时的民间舆论对老人再婚还不是很开放，廖湘国也只是在她需要关心的时候，常常主动上前一步给予帮助而已。可说是“易求无价宝，难得有心郎”。

“有心郎”不假，另外还少不得“有心人”。院长曾凡庆是个见事细致的人，他发现了其中的“蛛丝马迹”，便有意在相关话题上说些撮合的话，还借机会批评那些世俗的落后观念。慢慢地，舆论场扩大了，两位老人的心灵走近了，一对“新人”呼之欲出。

于是，曾凡庆趁热打铁，应双方的要求当上了媒人，随后帮助老人家登记办证，并选定在1999年重阳节为两位老人举办结婚仪式。镇政府非常重视，决定由镇人大主持，镇党政办、民政办组织和布置，邀请入院老人亲属、当地老百姓、

■ 夏铎铺镇第五期“火把行动”之“执老之手 与老携行”志愿服务活动在敬老院举行

每村组代表和县、市、省相关部门的领导共400余人来参加婚礼，一时传为美谈，县、市、省多家媒体进行了报道。他们结婚以后，落户就在敬老院，以后的生老病死都由敬老院负责，是不折不扣地以院为家。

那场婚礼，人们至今记忆犹新，尤其是《宁乡日报》和宁乡诗词协会刊登和传诵的一些对联脍炙人口，其中的门联还是从100多年前的《老残游记》借来的：

愿天下有情人，都成了眷属；

是前生注定事，莫错过姻缘。

借得好！他们的婚姻也因此延续了 18 年，唐淑兰更因老来爱情的滋润，应了“天易干，地难干”那句老话，活到 96 岁。

15

作风与自觉

九日齐山登高

唐·杜牧

江涵秋影雁初飞，与客携壶上翠微。
尘世难逢开口笑，菊花须插满头归。
但将酩酊酬佳节，不用登临恨落晖。
古往今来只如此，牛山何必独沾衣。

夏铎铺镇敬老院的新老员工虽然分工不同，但都严谨，有规矩。有的事情看似很平常，其中蕴含的理念和精神却一直伴随着他们，影响着他们，成为一种无形的财富。

汤建斌50岁出头，也颇具举重运动员底子，看来敬老院选人重在力量型，因为工作量大。她主管业务工作，人称“汤会计”，2015年入院。她虽然没有从事护理工作，但对每项工作的流程、难度、注意事项都知道得一清二楚。找她聊天，问她院里工作的成功与不足之处，下步工作的规划及注意事项，她心里都有一本账。在翻看敬老院的历史文字和图片资料时，我们发现它们不仅井井有条，而且索引清晰，有人开玩笑问她是不是档案专业毕业的。她说，这缘于敬老院的工作作风对她的影响，即一丝不苟、尽职尽责、敢于担当。这个作风传承30多年了，尤其是现任院长把部队作风带来后显得更严谨了。正好这时，我们看到一份2019年春节员工家

护理员易彩霞为敬老院老人提供送餐服务

属座谈会的记录，不妨摘录原文一部分：

院长："掌声欢迎我们亲人的到来。"接着，曾院长向家属们汇报敬老院的工作，介绍发展情况：今年进行了特护房建设和设备的添置，购了空调、电视几十台共耗资 90 多万元；按消防要求进行消防建设，耗资 50 多万元；老人生活情况：早上有面条、稀饭、米饭。中、晚餐三菜一汤（两荤一素）；工作人员在各岗位的工作情况；工作人员在院的生活情况及待遇情况，让家属放心。

由于有各位的支持配合，一年来敬老院的工作得到了上级的好评。再次感谢家属们的支持和配合。因敬老院服务的对象是一个特殊群体，老小老小，对待老人就像对待小孩一样，随时都有意外的发生，所以工作人员很少在家陪伴丈夫、父母及孩子，作为丈夫，在家是里外都要干，打工回家还要自己做家务，作为父母的要扛起家务活，还要带孙或曾孙。“常回家看看”变成了思念。说到这儿，工作人员刘赛琼的婆婆站起来说：“院长说的确实如此，我儿媳在院工作多年，儿子不在家，家里的一切事情都是我抄（操）心、维持，还要带曾孙，有时真有的（点）忙不过来，有一次晕倒在地，幸亏邻居及时发现。但是我毫无怨言，我非常理解，我儿媳干的是一项伟大而优秀的职业，是行善积德的职业，我会鼎力支持。”

我们问她，记录得这么详细，难吗？她回答：“年纪大了，开始是难，但这是我的职责，院长要求严格，我作为管理人员要求自己更要严格，所以就下决心练字提高业务，你们说我严谨其实就是从那个时候开始锻炼的。”确实如此，我

■ 夏铎铺镇敬老院护理员组织老人理发、修胡须

们看她的图片，每一个说明都详细清楚。告别时她说：“生活在这样的大家庭里，既锻炼人又长知识，温馨又开心。”这是心里话。

易彩霞是一名配菜员，有时也参与护理，2022 年 1 月来到院里工作。她对我们说：“虽然入职时间不长，但是深感敬老院环境非常和谐。我的工作得到了好多老员工的帮助和指点，让我快速地掌握到很多的工作技巧。”

“有烦恼、有故事吗？”我们问她。

“故事不多，宛如平常一段歌。”她亮眼朝我们一笑，呵呵，调皮！这是《渴望》里面的一句歌词。接着她文不标点地说起来，有一次，一位老人跑到厨房来拿菜刀要出去用，我不肯，因为院里对安全要求有规定，我觉得这不是一件小事，所以说话语调有些高声和强硬，结果导致他对我破口大骂，我忍气吞声，没再反驳，但态度很坚决。他也只好骂着骂着就走了。刀虽没有被借走，我的工作原则坚守住了，但当时心里总有一种说不出的滋味，后来我静下来一想，我说话的语气还是不够好，对老人不敬，也不是对服务对象应有的态度。后来连续几天，我碰到他时都是主动微笑，主动问候。渐渐地，他像变了个人似的，待我非常亲近，他自己开的小灶搞了好吃的菜，还送给我一份，并且都是他老人家亲自送到我手里；我从不管菜味道怎么样，好不好吃，都会开心地接受，这是老人家的心意。

“这个故事对你有什么启发吗?”我们问。

“有，”她说，“经过这件事我知道了一个道理，尊重他人就是尊重自己。”

东边日出西边雨，道是无晴却有晴。不错！

16

三打“祝家庄”

九月十日即事

唐·李白

昨日登高罢，今朝更举觞。
菊花何太苦，遭此两重阳？

《水浒传》中，梁山泊寨主宋江三打祝家庄，有诸多引人入胜的故事情节，其中拉同盟军，使连环计，破盘陀路的描写，曲折离奇，跌宕起伏，读了使人大呼过瘾。尤其那些战术韬略的运用和解决矛盾的方法，不仅形象生动利于实战学习，还是辩证法的灵活运用，读来有益。所以，自从《水浒传》问世以来，只要讲到“三打”，马上就会有人联想到三打祝家庄。

夏铎铺镇敬老院院长曾海江虽然不是“寨主”，但是也有“三打”，即打井、打“架”、打地基。

先说打地基。这还要从 2012 年 12 月 28 日的全国人大常委会会议讲起，这一天，全国人大常委会表决通过了新修改的《老年人权益保障法》，正式明确，每年农历九月初九为“老年节”。老年节（重阳节）与除夕、清明、盂兰三节都是中国传统节日里祭祖的日子，也是古人登高辞青的日子。“辞青”

也寓含“入老”之意，如今国家以法律的形式定为老年节，体现了对老年人的关怀和对老龄事业的重视。曾海江马上敏锐地感到敬老院的建设可以上台阶了。这些年，他们接过前任创下的基业，继续卧薪尝胆，增加了项目，扩大了规模，刚把院里的旧债还清；现在国家立法了，正是趁势而上的好时机，于是边打报告边筹措资金边勘界打地基，多方同时下力。那一段时间，镇政府、民政局、国土局、建设局等多方领导都亲临现场，看到院长坚持在工地上担土打地基，为老龄事业艰苦奉献的精神，无不大加赞赏。就这样，在各级的支持下，社会的帮助下，七年迈出四大步：2013 年新建综合楼一栋六层电梯房，建筑面积 3000 多平方米，总投资 800 多万元；2016 年厨房和餐厅按上级明厨亮灶要求改建，投资 90 多万元；2018 年投资 90 多万元进行特护房建设和空调、电视等设备添置，并按要求投资 50 多万元进行消防建设。次年又对院内大坪进行了黑化、绿化和亮化，尤其是拓宽特护房后院去掉了安全隐患，并增加了休闲场所。自此，夏铎铺镇敬老院是真正“鸟枪换炮”了，如果说以前换过炮，那只是迫击炮，现在可是榴弹炮、火箭炮了，说不定将来还要换激光制导炮呢？

再说打井。由于地势等原因，这是困扰敬老院 30 多年的大问题。当年老院长在筹建敬老院的 1985 年底就开始打井，

■ 玉潭街道南郊小学党支部到夏铎铺镇敬老院慰问老人

先后在院内打过两口人工井，效果都不佳。海江院长接手后，于2008年在院内换地方打一口人工井水量仍然不充足。眼见院内无望，便于2012年在院外打了一口机械井，仍然不理想；再于2015年打了一口直径2.5米、深15米的机械井，终于如愿以偿，全院过上了大胆用水的日子。海江院长这些年的劳累操心也算有了回报，有人说两任院长找水的精神与修红旗渠可比。但是，好景不长，过了5年，由于敬老院开拓养老业务，总人数增至100多人，致使水量不足的问题又被重新提了出来。这个曾经让曾海江度过不知多少个不眠之夜的“老大难”再现，真使他急火攻心。而此时的他已经年满花甲可以退休回家陪老母亲了，多年没有顾家，母亲的独居

■ 湖南绿叶水果有限公司人员到夏铎铺镇敬老院进行慰问活动

一直是他的心病。退，还是进？有同情同理心的人大多会劝他退。可是，不论仁心还是党心，又都知道他不会退，当年他就是知难而进，才到敬老院来的。

有道是天无绝人之路，2021 年宁乡水厂的自来水送到了龙凤山。曾海江第一时间去找自来水公司，一核算要 78 万元。几十年来已经为水花去 100 多万元的敬老院，此时可说是力有不逮了。曾海江回来与大家商量对策，最终想出了自己动手，多方筹资，争取同情的办法，在自来水公司多个环节“通融”的前提下，他们从横山塘（高桥）“抄近路”切入，挖开十几公里地表埋入管子，加增压泵，沟通左邻右舍，用 30 多万元永久性地解决了这一难题。我们问曾海江，当时是什么心情？

■ 现任院长曾海江和母亲在一起，难得的陪伴时光

这个一身筋骨的汉子平淡地说：可以放心退休了。

最后说第三打，打“架”。为了改善老人的生活，敬老院曾养过一塘鱼，收获还好。但是，钓鱼的“钓佬”们也随之而来，多次劝说效果不大，去了又来。有次又来一个，海江院长发现时这人已经钓了五条鱼，于是就出面制止，同时与他协商，让他带两条鲢子鱼走，把三条草鱼放回塘里，结果意见不合发生争执，那人仗着年轻要动手，海江的擒拿格斗技术也不是盖的，结果两个人扭打起来滚到塘里，洗了一个冷水澡。不料坏事变好事，“钓佬”们估计这个院长与“拼命三郎”石秀有亲戚，也就再不来了。

17

阿姨与婴儿的对话

九月九日登玄武山

唐·卢照邻

九月九日眺山川，归心归望积风烟。
他乡共酌金花酒，万里同悲鸿雁天。

婴儿刚两岁，还没有到三岁入幼儿园的年龄，不能自理，语言不清，思维更谈不上逻辑。他入幼儿园，说是开的后门也行，说是硬塞进来的也行，反正最伤脑筋的是阿姨。不信？且听他们的一段对话。

阿姨：治治，吃中饭了。

治治：阿漓（姨），我不二（饿）。

阿姨：不饿也要吃，早餐吃过4个小时了。来，张开嘴巴。（阿姨轻轻吹了一下饭菜）

治治：（张开嘴巴，等阿姨用勺子喂到嘴边又闭上了）不二（饿）。（勺子里的饭菜掉到颈内和胸前）

阿姨：哎呀！（急忙放下碗和勺，用手掏治治颈内的饭菜）不烫吧？（用纸巾把颈内和胸前擦干净）

治治：阿漓（姨），我二（饿）。

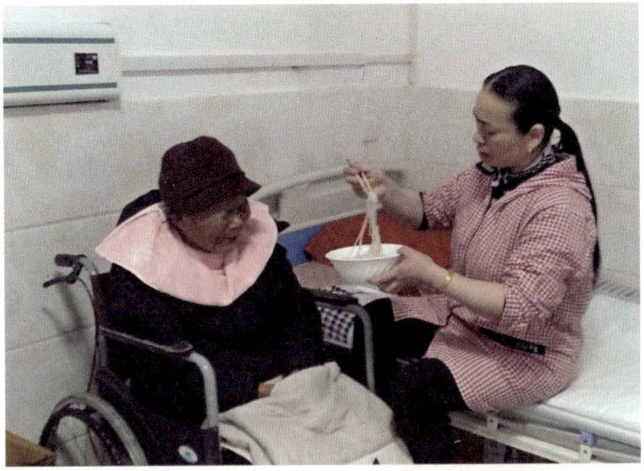

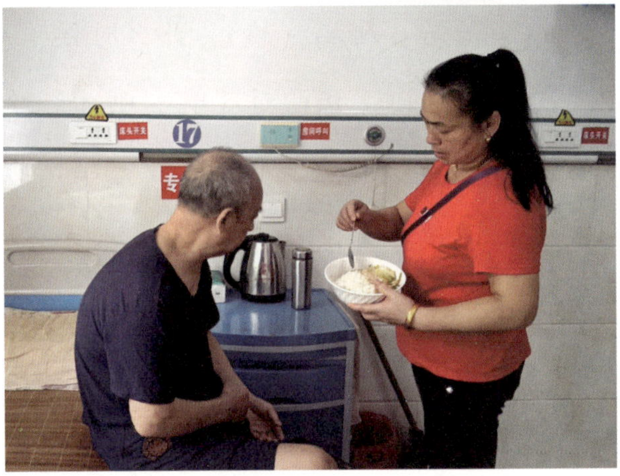

■ 护理员易杏元为敬老院老人提供喂餐服务

阿姨：是的嘛，我就是说你饿了嘛。来，张开嘴巴。（再喂，这次比较顺利）

治治：好甲（吃）。（一口气吃完）

阿姨：好治治，真听话。

治治：要单（汤）。

阿姨：来了，今天中餐的汤是你最喜欢吃的虾米蛋汤呢！

治治：（喝了三口，用手把碗打翻，汤泼到阿姨身上）不甲（吃）了。

阿姨：治治你又不听话了。（用纸巾帮治治擦嘴巴，然后擦自己身上的汤水，再送餐具去厨房，性急返回到房间来）

治治：阿漓（姨），什么时候吃早饭？

阿姨：早饭吃过了啊，刚才还吃了中饭啊！

治治：只吃了中饭，没吃早饭。

阿姨：你忘记了吧？我叫你吃早饭的时候，你看见水浪子汤了，好高兴的。

治治：哦！我记起来了，你是说尺（吃）饭，没说尺（吃）早饭！

阿姨：记起来了就好。还要吃早饭吗？

治治：不二（饿）。

阿姨：（忍不住笑）你呀，怎么不二（傻）？你是真二（傻）！

治治：我们两个人都二（傻）。（两个人笑到一起）

上面这段对话，其实是护理员易杏元与她所护理的谈治老人一次对话的节录，如果说是阿姨与幼儿的对话，谁会不相信？而我们的护理员都是这样，把护理的老人都看成小孩，尤其是像谈治这样患有老年痴呆症的，更是体贴入微，耐得一百个烦。她们说："能唤醒老年痴呆症病人正常意识的往往是亲情，我们用爱心和亲情去与他们交流，能减轻他们的病情。"这话使人感觉，夏铎铺镇敬老院的护理人员，把工

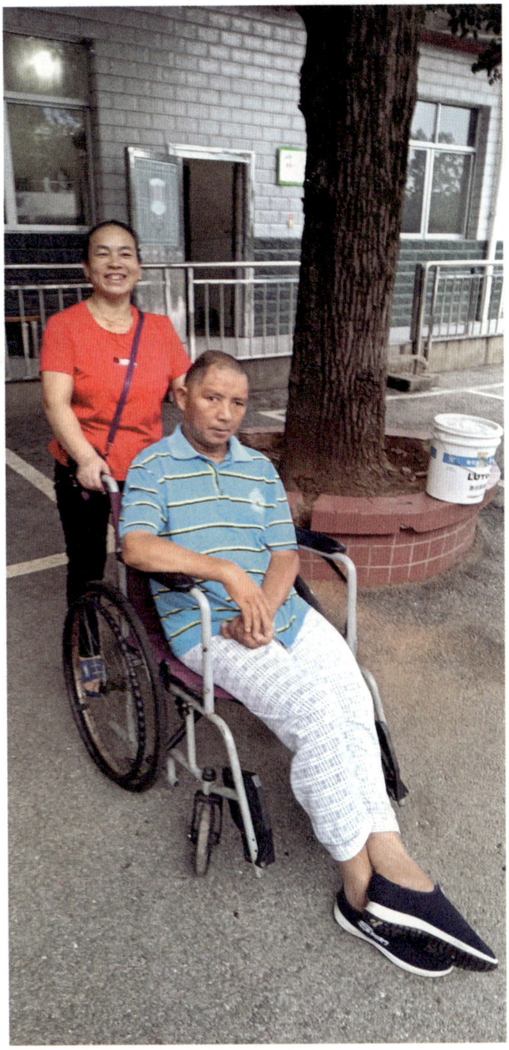

■ 护理员易杏元为敬老院老人提供护理服务

作的本分做到了病人的内心，她们懂病人，所以既护理，又兼而医心。这样既有利于护理对象的健康，也为自己塑造了和谐顺畅的工作小环境。

易杏元穿着比较时尚，性情温柔，富于女性特质，可是做起事来轻重自如，粗细得当。近段时间她还护理了一个叫刘含珍的老阿婆，双腿瘫痪，全失能，必须抱上抱下。她说，这个虽然与谈爹爹的护理有所不同，但总的还是大同小异。这些年，不同年龄、性别、病况的老人都护理过，老人们都是通情达理的，只要自己尽职尽责，就能换得他们的舒服开心，我也自然感到快乐！

18

“晚年的灯”

定风波·重阳

宋·苏轼

与客携壶上翠微，江涵秋影雁初飞，尘世难逢开口笑，年少，菊花须插满头归。

酩酊但酬佳节了，云峤，登临不用怨斜晖。古往今来谁不老，多少，牛山何必更沾衣。

开朗大方的袁小辉，见面就是一脸的笑，我们和她约定，请她讲一些与服务对象之间很平常的聊天内容。她从容一笑似乎要说“这不是小意思吗”，随口开朗地说了起来。

“周清知老人是我入院后接手的第一个护理对象。”

“哦，你是哪一年入院的？”我们问。

“我是 2016 年元旦那天来的，”她接着说，“当时周嫔驰已经 78 岁了，没有丈夫也无儿女，最不幸的是 5 岁那年她就患上了小儿麻痹症，虽然父母想尽一切办法，仍然没有治好，他双脚一直不能正常行走，完全靠双手带凳移动，长大以后就靠编草鞋、织毛衣、做手工维生。”

“真不容易！”

“她经常感叹敬老院的幸福生活，感恩国家的好政策和社会爱心人士给予的关心。她最记得 2016 年 2 月 2 日，是过小年的那天，正值雪后天晴，忘不了服饰公司创始人罗美元组织的慰问车队到了敬老院送温暖。老人们看到罗董就像见到了亲人一样高兴。除了卧床老人外，其他的老人家都围过去试、领新棉衣。罗董又去看望躺在床上的老人，当罗董为周竦驰穿好新衣后，老人家十分感激，说：‘以前过年想都不敢想的品牌衣服，没想到现在有人给我们送上门来。好幸福！’每次说完她就要哭。”

“在我们看来，敬老院里面的这些平常小事，对于老人却是多年难忘的大事！”我们听后很是感慨。

“这更说明，他们非常需要社会的关怀。而每一次这样的关怀，都能成为一盏照亮他们晚年生活的灯，因而温暖在心，温馨长在。”

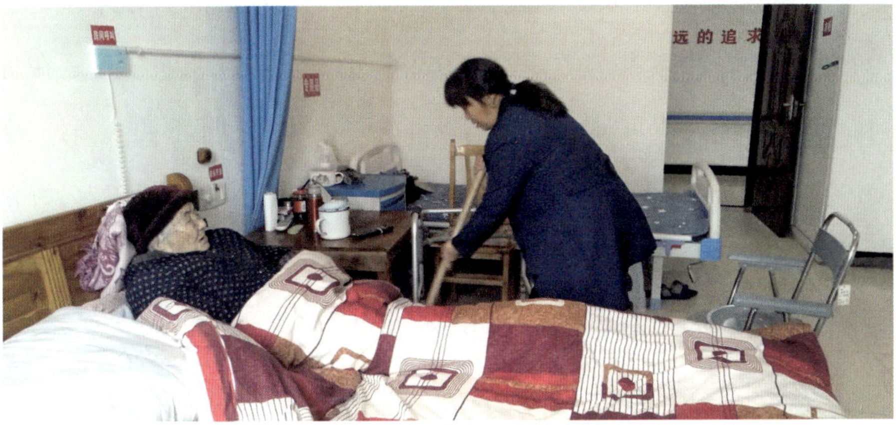

护理员袁小辉为敬老院老人提供清扫服务

袁小辉这句话，使我们更加理解护理员们为什么都那样富于爱心。因为她们有天使一样的心灵。

“陶淑辉老人出生于1925年，今年97岁了，一生无儿无女。她一直很坚强，很独立，不要人照顾。但是一次偶然摔伤导致生活无法自理，这个坚强的娭毑，只好由娘家侄儿于2020年12月30日送到我们敬老院，并且一直由我护理。她神志清醒，喜欢与我聊天。”

“她主动找你聊天吗?”

“是的。”

“聊些什么呢?”

“天南地北，不成章片。”

“拣你最记得的讲讲咯。”

“刚来院的时候，她吃饭、喝水、大小便都只能在床上，只要稍微好些就想动，就想和你说话。第一次讲的就是在家摔伤脚的经过，那是晚上，脚骨断了，叫人听不见，第二天才被人发现。到这里以后，她说不知道敬老院里面这么好的条件，不能动弹的时候，有专业护理员端茶、递水、洗澡，这个岁数做不了英雄了，早该来这里。”

“老年人情况各异，但有一点是共同的，他们更需要社会的关怀。”

“正是，陶嫔驰曾经说过，她最怕的就是被社会抛弃，被别人嫌弃。所以对于这种关怀，他们也更敏感。”袁小辉接过话题说，“去年10月陶嫔驰又摔断了左脚，120来了，她坚决不肯进院，左一句不麻烦了，右一句不麻烦了，就这样自生自灭算了。我听懂了她的话，她是在责怪自己，觉得自己欠社会太多，知恩无法图报而且还要继续欠情，她于心不安；所以我就说国家以人民利益为中心，你不住院是我们的责任缺失，我们会挨批评的。她一听马上就同意住院了，出院后

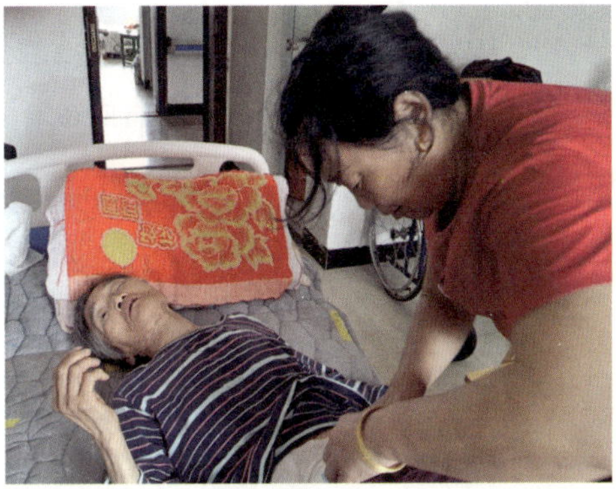

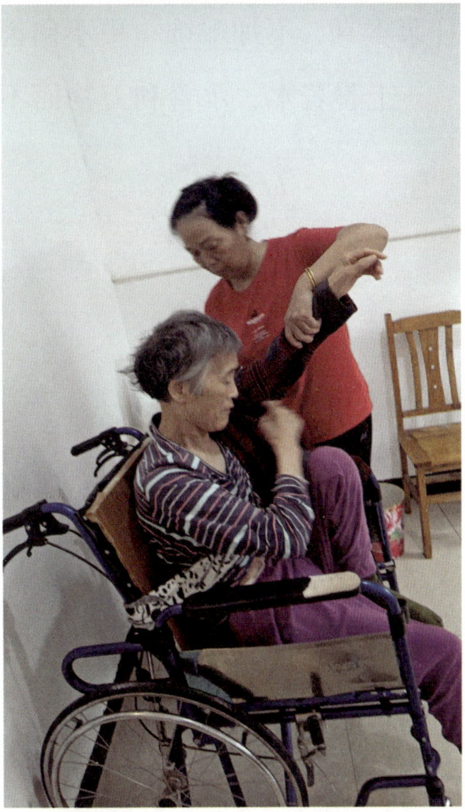

护理员袁小辉为敬老院老人提供护理服务

千言万语感激不尽！”

袁小辉说完甩出一串哈哈，这一笑的感染力，使人瞬间想到“新冠”突袭之时各地支援武汉的场景，尤其是那些飒爽英姿的女医务工作者，她们代表了国家的关怀，体现了战士的舍己，她们半夜出征登机赴急的画面，总使人激动感慨！

我们眼前敬老院的护理员们，她们实践着“善”的内涵，朴素本真，不加雕饰，更不向镜头摆姿态，何其真实感人！

上善若水，水善利万物而不争。她们是“上善”。

19

采访编外员工

送张参明经举兼向泾州觐省

唐·孟浩然

十五彩衣年，承欢慈母前。
孝廉因岁贡，怀橘向秦川。
四座推文举，中郎许仲宣。
泛舟江上别，谁不仰神仙。

夏铎铺镇敬老院有一个这样的员工，她不一定经常来，但每年都会来；她不在这里拿工资，反而在一些节日带很多人来捐款捐物和服务；有时她和一两个人专程来走走，有时不太顺路她也要绕道来看看，就像来看亲戚一样，有的阿婆甚至还在专门的日子里盼望她来为自己梳头，在敬老院的员工和老人的心目中，她是这里的“编外员工”。

这个编外员工，院里的老人都称她为“菩萨”，已经过世的谢婆婆叫她“女儿”，现任院长曾海江说她是敬老院离不开的人，她就是忘不了服饰公司原董事长、全国人大代表罗美元。

本书作者知道她退休后有多个愿望并已经实现，即投资一座桥（毛公桥）、修一方庙（玉龙寺）、办一个书屋（三不忘书屋）兼学校用，举办冬令营、夏令营，建设感恩文化长廊、家庭文化基地，这都是一颗公益心驱动的。但我们知道她30多年持之以恒支持敬老院却很少听她说，这可是一个跨世纪的宏愿，因此，找她聊天的本意是想了解她所历经的足迹，所作过的贡献，所动念的心意。

然而，这位向来善于谈吐的女士，不知是有意还是无意，却一直避开她作的贡献，专门讲敬老院对她的触动、启发甚至教育。没办法，稻子成熟了总是低着头去感恩泥土，不会抬头去炫耀自己。

她说，建敬老院是1985年底启动的，那天人不多，只有龙凤山公社张凯元书记带几个领导、各大队干部、当地一部分社员，加起来就50多人。没有人通知她参加会议。那天刮北风，没有预报下雪，却下起了大雪，她的起心动念就是从那一刻开始的。我们问为什么，她说，天意吧。那时公社还没有合并，她属夏铎铺公社，因为从小祖母的孝老教育，加之敬老院是个新鲜事，所以骑单车去了，一大半是关心，一小半是看热闹。当时心想，办敬老院是政府做的一件大好事，但是困难肯定很多，自己办的乔口鞋帽厂不到一年，要帮忙也无能为力。不知怎么，那一场突然降临的大雪在很短的时间内改变了她的想法，她当时就下定决心要长期支持敬老院。所以她说是天意。

我们要她讲讲后来是怎样支持的，她却撇开话题说，万

2008 年 10 月，宁乡县人民政府聘请罗美元女士担任夏铎铺镇敬老院名誉院长

事开头难，那时就只定了老曾院长和袁跃兰两个人，他们白手起家，真不容易。随后滔滔不绝说起为了改善老人生活，他们养鸡最多时养了近 3000 只，袁跃兰半夜要坚持起来看温度，幸亏她是赤脚医生，会诊人，也会治鸡；他们养猪后来最多时养了 30 头，从来不卖，要留给老人们吃；为了突破旧观念，顶住发不出工资的压力，他们院长父传子，子带妻，袁跃兰则是婆带媳，还有带姐妹姑嫂的，真是“打仗亲兄弟，上阵父子兵”哦！

还有，她说，她耳闻目睹的曾院长的敬业精神很使她感动。2008 年春节前夕，85 岁的王雪琴阿婆生急病，在一时没办法在敬老院医治的情况下，院长硬是冒着风寒把王阿婆背到镇卫生院的。还有，80 多岁的肝癌患者朱习富，孤僻，气大，自己一条鱼没剖好就赌气一丢不要了；他经常拿这个臭脾气骂院长，院长从不计较，还两次亲自送他到县人民医院急救，最后死在院长的怀里。

说到这里，罗美元动情了。她停了停又说，有一次她跟敬老院的护理员总结成绩，入院 26 年的冯爱华说“成绩都到山上去了”，这话对她触动很大。她想，农村敬老院的老人们是最底层的人群，他们把一生都给了社会，给了国家，我们应该感恩他们。专门照顾他们的护理员，其实就是在代替社会代替我们来感恩他们的。因此，护理工作是高尚的、神圣的，从人生的长度来度量，他们为老人贡献了可心怡神的晚年关怀直至临终关怀。推而广之，当我们大家享尽人生归于尘土的那一刻，回首来路，在晚年得到和享受的、由政府及亲友直至护理员给予的关怀照顾，是多么的温馨和不可或缺！罗美元的这种情结，使我们想到最近《阿凡达：水之道》推出后，卡车司机出身的导演詹姆斯·卡梅隆的一句话：“不管这世界如何变化，我们最有意义的事情，还是关注这世界的底层。”罗美元不愧是人民代表，她善于站在弱势群体的角度审视社会，优先从最底层人民的福祉考虑问题，她把商业管理中的木桶原理，运用到了社会实践中。“小康路上一个都不能掉队！”党的十八大以来，习近平总书记访贫问苦的脚步遍布全国14个集中连片特困地区，对贫困群众始终念兹在兹。这种人民利益观的底层思维，是中国特色社会主义和中国式现代化的题中应有之义。而更加重视弱势群体的生活质量，更加重视老年服务事业，是乡村振兴不可忽略的一环、不可缺少的一部分。难怪罗美元那么关注敬老院！

“你一直是用怜悯的心、同情的手关注和支持敬老院，应该也为他们快乐过、激动过吧？”我们问她。

“当然！我和他们一起快乐的时候也非常多！”

“请举例。”

“比如，2001年重阳节做的那个大蛋糕，全院的老人和员工都没有吃完呢！”她边说边笑，笑得那么开心……

20

开智与精气神

墨萱图·其一

元·王冕

灿灿萱草花，罗生北堂下。
南风吹其心，摇摇为谁吐？
慈母倚门情，游子行路苦。
甘旨日以疏，音问日以阻。
举头望云林，愧听慧鸟语。

“啊！这是画吗？”庞葵生老人张大了嘴巴，眼睛一瞪一眨地，望一下手中的画纸和彩笔，又望一下教他画图画的汤建斌，再又把目光停在他自己画的国旗上。

“是啊，这就是你画的画啊！”汤建斌用鼓励的眼神看着他说，“你画的是国旗。”

庞葵生有点激动，手在发抖，腰前倾一下准备站起来，才突然想到自己坐在轮椅上。

他看见过图画，但没看见过别人画画，自己更没有画过画。在他的潜意识中，那是画家才能做的事情，怎么也没想到，自己动手就画了一面国旗出来。尽管他不知道这与美术作品有什么区别，就像有人分不清照片和摄影作品一样，但他毕竟人生第一次画了一幅画出来，一幅他心目中的作品，而且是一面国旗！

这是发生在 2022 年敬老院“七一”绘画活动现场的一幕。

智力障碍是夏铎铺镇敬老院入院老人中比较普遍的一种生理疾病，对这种病人，从吃喝拉撒睡等方面给予细心护理已经不错了，一般家属是比较满意的，而且对于护理人员来说，却并不轻松。但是，院里知道，老人是需要精神慰藉的，哪怕是智障老人，也并非没有精神追求。因此，院里经常开展一些有声有色的活动，而且真的是既有声音又有颜色的活动。

这样的活动以自愿参加为主，以互动为主。比如这次“七一”活动，上午9点餐厅里就坐了不少老人。主持人汤建斌问大家：“今天是几月几日，是什么节日？”有几个老人回答：“七月一日，建党节。”“大家想画画吗？可以画党旗、国徽、花草、树木，还可以想画什么就画什么。”“想！”老人们高兴地回答，纷纷伸出手去接纸和水彩笔，那场面真有点学前班的味道。刚开始时有几位老人说不知道怎么画，于是工作人员手把手教老人如何画轮廓如何涂颜色；有些需要“再进一步”的，则要告诉他国旗涂哪种红色、国徽涂哪种黄色，什么花草涂什么颜色。老人们便逐步来了兴致，不爱说话的爱说话、提问题了；说话不清楚的，表达有条理一些了，平常懒得动的开始正经绘画了。这其实就是对智障状况的一种改善。

■ 画只和平鸽

■ 敬老院“七一”活动绘画作品展示

庞葵生老人头脑还没到那种程度，他的惊喜却为他今后的兴趣开发、情绪舒展和精神追求，实实在在开辟了一条新途径。如果有人以为敬老院的老人不需要“精神护理”和心智开发，那只能说明他不适宜做老龄工作，或者说，他在正在到来的老年浪潮中还有不适应的地方。

在这群认真学画的老人中，有一个叫张本忠的，党旗的涂色非常好，且有立体感，得到表扬后非常高兴，竟然一手挥舞自己画的党旗，一手拿过话筒唱起了“没有共产党就没有新中国”的歌曲，大家被感染了，不少人也跟着唱了起来，自然地抒发出自内心的感恩和祝福。

半年后，本文作者在敬老院大厅遇见了张本忠老人，他身材魁梧，国字方脸，声音洪亮，要不是戴副眼镜且不加修饰，真还以为遇到了著名演员唐国强。当时作者指着墙上作品栏的一幅画问：“这是你画的？为什么署名毛铁匠？”他哈哈一笑爽朗地回答：“我以前是打铁的，小名张毛伢子。还有什么问题？”看来他喜欢与人交谈喜欢有人提问，于是作者就着他的画再问：“你画的君子兰那么鲜活，为什么叶子又用黄色？”毛铁匠又呵呵一笑：“为什么不能是黄色？”

是呀，为什么不能是黄色呢？这个老人的见地能够突破固有的框框，他根本没有老！就算他老了吧，他的思维就不能年轻吗？如果当时有青年诗人在场，老人这句反问，说不定还能唤醒朦胧中的诗意呢！

在我们的敬老院里，其实也可以开智，也可以有逆生长哟！

21

朋友一起走

游子吟

唐·孟郊

慈母手中线，游子身上衣。
临行密密缝，意恐迟迟归。
谁言寸草心，报得三春晖。

朋友一生一起走
那些日子不再有
一句话一辈子
一生情一杯酒
朋友不曾孤单过
一声朋友你会懂
…………

几年前，电视上经常有这样的画面，周华健拉着手风琴唱这首歌的旋律，撩起了姑娘的舞姿和小伙的歌喉，那是青春在萌动，热血在沸腾，那是花儿在憧憬未来，鸟儿在眺望远方。

2022年的3月9日，阳光明媚，惠风和畅，夏铎铺镇敬老院也响起了这同样的歌曲，大坪里人头攒动，热闹非凡。

周华健没有来，是曾海江院长在指挥，没有青少年就以老代小，全院员工和老人一起做游戏，歌声和笑声同样一浪盖过一浪。

游戏的节目丰富多彩。第一个节目是踩气球，首先工作人员把气球吹好。气球很小，非常容易吹爆，当气球吹爆的时候，老人就如小孩一样被逗得哈哈大笑，现场的笑声不断，气氛开始活跃。随后，在每一位工作人员的左脚踝处用绳子绑五个小气球。保护自己气球的同时，去把别人的腿上的气球踩爆，看谁的腿上最后保有气球。这样，有时互踩气球，有时几个人围踩一个人的气球，员工和老人的爆笑声连绵不断，大家都乐呵呵的。老人们的情绪被调动起来了，便有了笑逐颜开、笑歌戏舞、笑不可支，参与游戏的积极性很快爆棚。

于是，第二个节目紧锣密鼓登场，所有能到场的老人都要求参加这个积极互动的游戏“剪刀石头布”。游戏规则既简单又不简单，每位老人的左右肩膀上分别绑一个小气球，两个老人一组，相互比画剪刀石头布，赢的老人可以打爆对方肩膀上的气球。老人都非常开心快乐，因为增加了交流的环节，友谊在心手之间传递，是“朋友不曾孤单过”，是“一声朋友你会懂”，整个过程中欢声笑语不断，老人心气连通，心

老人们积极参与娱乐活动

潮逐浪高。

第三个节目是拼图游戏，更能促进老人的开智和他们之间的积极互动。做法同样既简单又不简单，工作人员将动物卡片和水果卡片发到在场每一位老人的手上，每张卡片都被分成两半，每个人需要找到持有同一图片的另外一人。当找到的时候，和对方说“你是我的好朋友”并和对方握手。

王清贵是一位90多岁的公公，拿着鳄鱼的一节卡片到处找好朋友，最后在一位60多岁的婆婆手中找到了，当时的开心劲，若不与他们经常相处是难以理解的，他紧紧握着对方的手，激动地大声说：“你是我的好朋友！”顿时大家的目光都投向他们，看着他们四手相握，笑得那么开心，谁能不被感染？须知，老人大多行动不便，有些老人更是不便出门，几近“老死不相往来”，今天面对面、手握手成了“好朋友”，难道不是人生之幸？岁月催人，余日无多，一声温语，一笑暖心哦！这些老人中，能走路的便高兴地起身找朋友；坐着不便行走的则用期盼的眼神猜测着谁是自己的好朋友。一时间，惊喜声、畅笑声，此起彼伏，有的话语潇洒，有的言辞亲热，甚至还有爱意融融，开心的场面、和乐的心情，突然被欢快稚气的歌声推向高潮：

丢手绢，丢手绢，
轻轻地放在小朋友的后面，
大家不要告诉他，
快点快点抓住他，
快点快点抓住他
…………

夏铎铺镇敬老院适时开展这样的活动，把社交属性添加进去，实际上是一种主动的互动的有氧运动，促进了老人之间以及工作人员之间的情感，锻炼了身体，愉悦了心智，增进了友谊，丰富了大家的精神文化生活。

22

幸福来“敲”门

慈乌夜啼

唐·白居易

慈乌失其母，哑哑吐哀音。
昼夜不飞去，经年守故林。
夜夜夜半啼，闻者为沾襟。
声中如告诉，未尽反哺心。
百鸟岂无母，尔独哀怨深。
应是母慈重，使尔悲不任。
昔有吴起者，母殁丧不临。
嗟哉斯徒辈，其心不如禽。
慈乌复慈乌，鸟中之曾参。

十几年前，加布里尔·穆奇诺导演的《当幸福来敲门》，曾经看哭多少人；十余年来，天津卫视的情感交友节目《幸福来敲门》，至今还在看哭不知多少人，尤其是主持人涂磊和四位明星公益观察员的精彩表现、高智语言，也不知启迪和鼓舞了多少人。

三年来，夏铎铺镇敬老院的回春医疗保健操《幸福来“敲”门》，却是不知“敲”出了多少笑声、多少健康、多少美好生活。

大操场上，数十个老人沐着阳光与清风，有的坐凳，有的坐轮椅，有的却要坚持站着，全部眼朝前方，双手跟着老师汤建斌的示范有节奏地敲打。除了老师发出的节拍口令和老人们有节奏的敲击声，真是既无杂音也无乱象：

第 34 节七敲：一敲大陵穴——

两手腕相对敲；二敲腕骨穴——

先右手握拳敲左手腕，再换手；三敲
合谷穴——双手握拳，合谷穴相敲；
四敲后溪穴——双手握拳，小手指侧面
相敲；五叉虎口——先右手虎口叉左手
虎口，再换手；六敲八邪穴——五指
张开，相对叉敲；七敲劳宫穴——先右
手握拳打左手手心，再换手……

听这齐整整的声音，看那每张老得幼稚的笑容，还有忍不住的“傻笑”，还有伴奏音乐里的坏笑，不由人不想到幼儿园大班唱的《学猫叫》：

我们一起学猫叫，
我的心脏怦怦跳，
我要穿你的外套，
闻你身上的味道
…………

不知是天意赐予还是心灵敲击的回声，在旁观者的心窍里，幻见的是高山流瀑的洗刷，是星空回荡的天籁，还有老吾

■ 敬老院现任会计汤建斌在认真的教老人做保健操

老幼吾幼的呢喃，难怪汤建斌说，老小老小，我像教小朋友一样教他们，我自己好像也回到了少年时代。不是吗？你听：

迷恋上你的坏笑，
想要变成你的猫，
赖在你怀里睡着。
…………

原来，新冠疫情刚起，敬老院即实行封闭管理。担心老人们憋得慌，曾院长想出了这个好办法——购置一台音响，

敬老院现任会计汤建斌在认真的教老人做保健操

既利于开展文娱活动，又便于教授回春保健操，由学过这套“心经”的汤建斌负责组织和示范。

汤建斌介绍说：“这套操很多老人喜欢做，把手部都运动了，有舒服感。有好多坐在轮椅上的人都会了。开始做时，有些老人不想动，如90岁的王佩辉老奶奶坐在轮椅上，先只看我们做，不想动，看着看着就跟着做起来。我到她跟前一个个动作告诉她，一边讲穴位一边做。她老人家感动地说：‘小汤，你真好！像老师教学生一样告诉我们做操，还像医生告诉我们穴位，锻炼身体，这样下去，我过百岁都随便哦！’我便回答：‘来我们敬老院住的都是会长寿的哦！’大家听着都幸福地笑了。现在每天上午九点至十点，下午三点至四点，老人都自动来集合，神志不清的黄碧纯、坐轮椅的袁姣龙、双目失明的田润连等都不缺席，每天坚持由护理员带着来锻炼。”

本书作者学过中医，听她这么一说，回想那些敲击的穴位，如大陵穴主治心痛、心悸、胃痛、呕吐、惊悸之类，后溪穴舒经利窍、清热利湿、安神明目、通经活络，手阳明大肠经的合谷穴止痛立竿见影……真是娱乐锻炼保健交友几不误哦！

此时此景在现场，看着老人们整齐的动作，听着操场上甜甜的笑声，自然又使人想到《学猫叫》那稚气的旋律和充满幸福感觉的歌词：

你总是温柔的，
能把我的心融化掉，
每天都需要你的拥抱，
珍惜在一起的每分每秒
…………

23

时代变了，传统没变

祭灶与邻曲散福

南宋·陆游

已幸悬车示子孙，正须祭灶请比邻。

岁时风俗相传久，宾主欢娱一笑新。

雪鬓坐深知敬老，瓦盆酌满不羞贫。

问君此夕茅檐底，何似原头乐社神？

谈湘元可能是护理员中的“小字辈”，老远，就用笑容把人接着了，她40岁出头，高挑的身材，热情大方地与人打着招呼，像见着了老熟人。我们一行6人，边参观老人宿舍边询问有关情况。她告诉我们，因为全院只有十几名护理员，而住院老人有近百人，所以她们除了每人护理一两个失能半失能老人外，还要照顾几个老人的饮食起居。我们问她能照应过来吗，她说，刚开始有点手忙脚乱，但很快就习惯了。现在每天早上5点多起床，先去每个房间帮忙打水，帮助老人洗脸漱口，然后收拾房间，有的老人行动不便，则需要帮助他们适当活动。我们见她正在护理的一个老人像是完全失能了，便询问老人的情况。她说，老人叫李福全，不能说话，只能“啊”，长期卧床，完全失去行动能力，所以每天的护理内容就是一日三餐喂饭，按时喂药，插尿管，个把小时喂一次水，要换一次尿袋，大便时要挤开塞露，每隔两小时要翻

■ 南方水泥领导来夏铎镇敬老院慰问

一次身以防止褥疮，尿道口及腿部内侧、屁股等部位，每天都要消毒搽药，可以说基本不能离人。而老人家却有 140 多斤的体重，有时搬都搬不动，常常累得腰酸背疼。

这时，我们一行人中的刘月清知道了李福全老人是她的同村人，便试图与他说话，可是老人不能表达，只是躺着不停地“啊”。谈湘元说：“老人家其实心里明白，可是又说不出话来，难以沟通，所以平常只能和他开开玩笑，哄他开心，让他生活得更快乐一些。正因为这样，家属每次来探视，看到老人家的状态非常好，房间里闻不到一点异味，都夸我们院管理制度好，护理员负责，长期卧床的老人身上没有一点压伤的地方，所以他们很放心，一再表示感谢。”

附近房间的护理员听见这边有动静，有的探出头来，有的干脆走了过来。经过简短的交流和曾院长当场介绍，她们是性格爽直、“爱心不打折”的袁小辉，说话不多但做事特别扎实靠谱的袁利新，对人特别诚挚深受老人们依赖和信赖的易杏元，还有丈夫受伤都没有请假回去照顾、生两个孙儿都没回去打招呼的刘赛琼。她们都被老人们当成了自己的至亲。看着这几位令我们敬佩的护理员的“临时代表”，她们衣着整洁，穿戴时尚，有的还戴着耳环，而她们又是那么吃苦耐劳深受老人们的爱戴，我们深感在她们身上，时代变了，

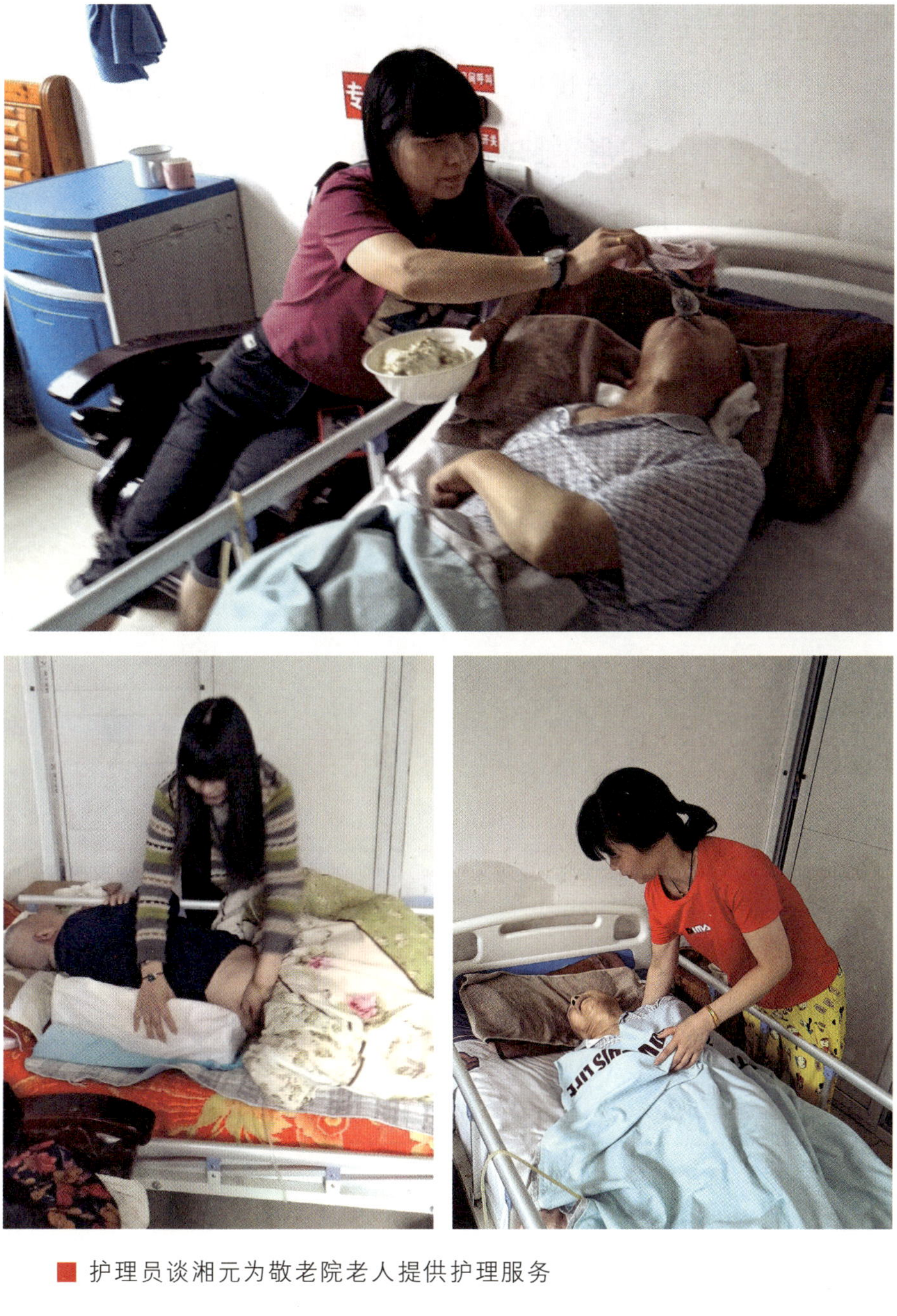

■ 护理员谈湘元为敬老院老人提供护理服务

中华民族优秀传统没变。

护理员谈湘元送我们出来时，诚恳地说："敬老院护理工作的对象不少都是年长的且不能自理的人，护理的事情又脏又累，需要有细心和耐心，还要有一份孝心，要视老人为自己的亲生父母，把敬老院当成自己的家，逢年过节也必须放弃与家人团聚的机会，做通家人的工作，取得他们的理解和支持，我们也才能安心做好工作。所以，我非常感谢我的家人对我工作的理解支持！"

24

守护神

礼者、断长续短，损有余，益不足，达爱敬之文，而滋成行义之美也。

——《荀子》

三年多来，新型冠状病毒疫情横扫全球，数十亿人感染，这些数据中的“最弱者”，往往就是老人。可是，夏铎铺镇敬老院却出了一个奇怪的现象，居然没有一例感染。

他们是怎样做到的呢?

他们的《疫情防控规范守则》规定得相当详细，不妨摘录一部分：

成立以院长曾海江为组长，工作人员汤建斌、冯爱华、陶克祥、冯军良、易彩霞、唐定华、刘赛琼、曾冬华、袁利新、袁小辉、易杏元、熊爱华为成员的新型冠状病毒疫情防控领导小组。

对机构内人员坚持每天体温检测，院内消毒。卫生室医生经常为老人测血压、量血糖。小毛病就地解决。

返院老年人必须在门卫室经医生体检正常后方可入院；严管集体食品安全。出现突发事件，及时上报，留存处理记录，一同报上级主管部门；边处理，边上报；24 小时值班，落实巡查制度、体温监测预警制度。发现老年人发热而家属又不能及时送医院者，必须第一时间在院里进行隔离，同时遵循医生建议按要求隔离护理观察，并拨打“120”转诊。

消毒隔离：进行两天一次的全院消毒工作，消

熊爱华医生为敬老院老人提供保健服务

■ 志愿在行动　爱心在传递　东城小学 035 班敬老院献爱心活动

毒时不留死角，重点消毒门把手、扶手、护栏、门帘。早晚不少于两次通风及通风后注意保暖工作。做好餐具、用具的消毒工作，严格操作规程，防止病从口入。

对管理服务人员和入住老年人开展防范知识和技能培训，提高管理服务人员疫情应急处置能力，增强老年人健康防范意识。

应急储备物资应妥善保管，指定专人负责，并及时补充更新。应急储备物资应包括：预防性药物、检

■ 敬老院服务团队合影

测试剂、防护用品等物资的储备。

以上守则在执行中的故事，讲一个就够了：2021 年过小年的前一天，宁乡市委副书记、市长黄滔带领夏铎铺镇政府领导一行专程到敬老院看望老人们，却因疫情期间谢绝探访被拒之门外，当然，这也凸显了市政府领导的率先垂范。难怪附近的群众说：“敬老院就像一个保险箱。”

这里，不得不提到敬老院的医生熊爱华，她是附近龙福新村卫生室的一名医生，主要负责龙福新村和夏铎铺镇敬老院与公共卫生医疗相关的工作，疫情防控的成绩离不开她的一份付出。除此以外，她的及时精心诊疗也为老人群体的安康贡献了一份力量。

敬老院的老人大多有不同程度的老年疾病，熊医生经常半夜三更接到护理员电话，容不得一丝一毫的犹豫，得马上从熟睡中起来赶到老人身边。2022 年 4 月 29 日的午饭后，院内的李中武老人突发胸闷不适，她接到信息立即放下手中的工作赶到现场，经过一系列的推拿、按摩、吸氧等方法紧张救治后，老人的症状慢慢有所缓解，并逐渐恢复正常。过后老人走过来握着她的手说：“谢谢你又救了我一命，非常感谢！你常帮我们院内老人测量血压、检查身体，指导我们如何做好保健养生，处处为我们老人着想，敬老院是我们的守护神！”

25

从三不忘书屋到敬老院

老吾老，以及人之老；
幼吾幼，以及人之幼。
——《孟子》

夏铎铺镇敬老院并没有在镇街上，而是离集镇将近 5 里路。这里山连着山，路接着路，树荫浓密，鸟语花香，是老人们养生休闲、安享晚年的好去处。但是，任谁也想不到，这儿会与远近闻名的一家书屋结下不解之缘。

夏铎铺镇的三不忘书屋，面向社会办有多种学习班、活动班、研讨班、实操班，交流的读者与研学的生员既有本市的也有外市的，既有本省的也有外省的，其学员年龄从“40 后”到“10 后”，以青少年为主。不过，不管什么班，都有一门到敬老院参加活动的必修课程。本书作者见到了他们中的 5 个人，而且都写了心得和文章。且摘录几段如下。

文涛（初二学生）：

每年的重阳节和小年，我们都会随罗奶奶到敬老院看望孤寡老人，这是三不忘书屋学员的必修课……罗奶奶帮着给每一位老人换上新衣，我们大家都给老人们送上祝福，整个空间是无比的温暖。

此时此刻，从这些唠叨中我感受到了爱，也忽然感慨：爱是照耀在冬日的暖阳，让人们感到人间的温暖；爱是一滴出现在沙漠里的泉水，可以使濒临绝境的人看到活下去的希望；爱是一首飘荡在夜空的歌谣，可以让孤苦无依的人们获得心灵的希望。

此时此刻，我想到了我的爷爷奶奶，我有一段时间没回去看望他们了，他们也应该像这些老人一样对我们的爱给予了很多期盼。一辈子真的不是很长，我应该珍惜我们相聚在一起的缘分。

邓攀（初三学生）：

在夏令营，罗奶奶和老师带着我们拿起了笤帚和拖把，奔向老人们的卧室内外，帮他们打扫卫生，或许我们做的没有那么好，但是，我们是真情地尽一份心意。

我们开始了精心准备的节目，为了让老人们看得仔细，我们特意放慢了速度，动作也更加标准、有力。经典诵读，我们的语速减缓，声音整齐划一、洪亮；舞蹈展示，我们的动作更加自然、到位。在表演的过程中，与许多老人产生了共鸣，也跟着一起读唱起来。

彭畅（青年员工）：

重阳节，罗董带我们去敬老院看望老人，她铺开瑜伽垫，教老人做瑜伽，一气呵成做了几组动作。那专注的神情，健朗的身姿，标准有力的动作，折射着一种积极向上的生活态度，深深感染着在场所有的人。

敬老院是我们学习传统文化的基地之一，每次去，我们的活泼和热情感染了老人，而老人慈祥的笑容、高度的赞誉和肯定，给我们极大的鼓励。看着我们与老人交流的和谐场面，我仿佛看到了人性的善良和美好。

李尚书
(忘不了服饰副总监)：

我加入公司后第一次随同罗董出差，就是去夏铎铺镇敬老院慰问，以后每年重阳节和农历小年，我们都会去敬老院，一转眼二十多年过去了。

入职时间长了我才知道，夏铎铺镇敬老院是我们公司成立以来一直都在扶持的敬老院。每年重阳节和农历小年，不管身在何处，罗董都会赶回来和老人们一起过节，送慰问红包和物资，三十八年从无改变，这已经成为我们公司的传统。而且这种爱心行动还得到了传承。每当这两个节日，我们忘不了服饰员工的大部分孩子们也会去到敬老院，陪老人们聊聊天晒晒太阳，为老人们表演节目，献上自己做的手工和小礼品。爱在流淌和传承。罗董经常说：“我想通过自己的爱心行动，去影响和带动更多的人关注养老事业，让老人家都有一个幸福的晚年，希望这个世界因此更加美好。”

其实更重要的是，在日常相处中，我们潜移默化感染了董事长所传播的思想，以利他的思维为人处世，进而影响到我们一生的立身为人准则，我们要把这种准则一代一代地传承下去，让我们的子子孙孙受益。

杨锦
（“00后”在读大学生）：

“宋初三先生”做的实际上是理学思想百花齐放前的园丁，是整个理学思想的奠基人。安定先生不是“北宋五子”之一，其原因有三，一是安定先生与“北宋五子”所进行的理学研究不同；二是安定先生与“北宋五子”所解决的社会问题不同；三是安定先生的成就与“北宋五子”的成就性质不同。一句话总结，安定先生或者说“宋初三先生”实际上是开创理学的先驱者，而“北宋五子”是壮大理学的实际接班人。

杨锦的这段话，是在以三不忘书屋为基地，罗美元为组织者，文一为群主的“初心使徒社”中发表的。她的发言是为了回答“‘宋初三先生’之一的胡瑗（安定先生）是北宋著名思想家、理学家和教育家，对宋代教育的发展作出了重要贡献。可是‘北宋五子’为什么没有他?”这个问题。她的发言有多个维度，其中深有敬老尊贤不忘先驱之意，正如群主文一说的：“安定先生学风盛行数十年后，乃孕育出理学大家，之后再有‘北宋五子’之盛况，乃至于后来著称于世的湖湘文化，更是传承并发扬了‘安定之学’。”

从上面多个片段，可见三不忘书屋以德孝、真情、感恩为主旨的传统文化推广传承，也可见夏铎铺镇敬老院与其关系紧密如斯的思想和情感基础。这二者之间有共通的文化意涵、文化积淀及其传导路径，由此也可见组织者对传统文化的深刻理解以及在传承方面的精心布局。

26

发展不忘民生

慈乌尚反哺，羔羊犹跪足。

人不孝其亲，不如草与木。

——《劝孝歌》

在采写《我的新家》过程中，爱心团队从多个渠道了解到，夏铎铺镇敬老院成立三十八年以来，从无到有，从小到大，从弱到强，离不开历届党委、政府的坚强领导和强力托底，坚持做到了始终如一，实践着那句“人民对美好生活的向往，就是我们的奋斗目标”。

我们采访了镇政府已经离任的财政所长卢立煌，他说，夏铎铺镇有一个传统，在发展经济、锐意进取的同时，总是不遗余力地改善民生，尤其是对这个在全市首屈一指的敬老院始终是关心备至地呵护着。

1995 年撤区并乡建镇时，全镇五保老人居住分散，护理没有保障，尽管当时镇级财力十分拮据，但镇党委、政府坚持将民生问题摆在首位，多次组织当地村、组及林业部门召开协调会，在原龙凤山老敬老院旁加征了土地，扩建了敬老院，满足更多的五保老人集中居住，老有所养，生活幸福。

2003 年，夏铎铺镇政府积极响应县委“坚持两个唯一，加快经济发展”的号召，率先在全县建立“夏铎铺机械工业园”。十年砥砺奋进，终于破茧成蝶，镇域经济迅速崛起，夏铎铺机械工业园一度成为宁乡市域经济的第三驾马车。经济崛起了，民生问题同时摆在镇党委、政府的议事日程上。“衙斋卧听萧萧竹，疑是民间疾苦声。”当看到敬老院五保老人还住着 20 世纪 90 年代的老房子，设施很不完善，与经济社会发展极不相称，领导们看在眼里，愧在心里。尽管 2013 年的夏铎铺镇财政还需要在园区继续加大投入，而且当时负

敬老院扩建工程

■ 2016年重阳节，时任宁乡市政协副主席彭曦明、夏铎铺镇党委书记李鄂华、忘不了服饰创始人罗美元等人到老人房间慰问

■ 2018年9月，星光大道歌手欧尧舜来院慰问演出

债的压力也相当大，但镇党委、政府认为民生问题不能等，毅然一次性投入近 900 万元，新建了一栋六层带电梯 3000 多平方米的住宿楼，住房统一按二人间带厕所洗漱间配置，还另配备了健身室、娱乐室，可容纳老人 100 余人。从此，老人们躺在柔软的席梦思床上，像住在宾馆一样，还有专人护理，衣食无忧，各个喜笑颜开，开心极了。五保老人常常三五成群，聚在一起，谈天说地，欢歌笑语，乐在其中。

近年来，又投入近 600 万元对敬老院的老住宿楼、食堂进行了全面升级改造，

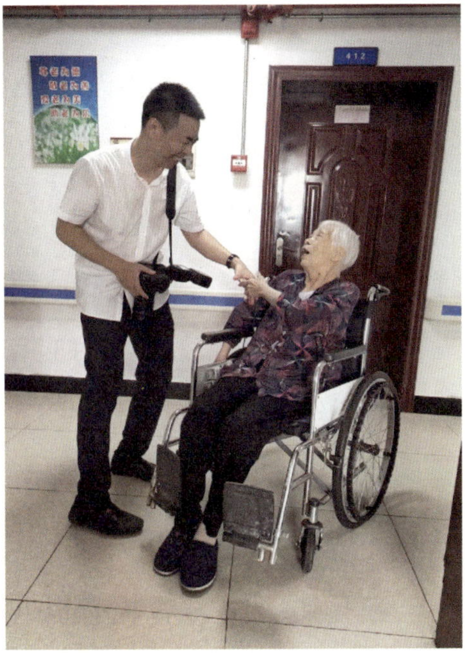

■ 2023 年，长沙晚报记者石祯专到敬老院采访

■ 宁乡日报通讯员、摄影师叶正强追踪拍摄敬老院 30 年，见证了敬老院的蝶变

院内道路进行了硬化、黑化，靠山崖边用石头进行了护坡加固、修建了排水沟，建设了绿化带，院内不同位置添置了老年健身器材，打造了老年休闲绿色走廊。幽雅舒适的休闲环境，让老人们像逛公园一样，无比惬意。每逢重阳佳节，夏铎铺镇党委书记、镇长总是带上礼物，到敬老院亲自慰问，五保老人倍感温馨；从 2013 年起至今，夏铎铺镇政府每年拨出 5 万元经费支持敬老院的工作。

除此以外，镇村两级对未进入敬老院的老年特殊群体，也坚持做到关心到户到人，落实优待、扶持政策，组织爱心单位和爱心人士签订对口扶助合同、开展公益活动进行帮助，使老年弱势和困难群体的生活不断得到改善、幸福指数不断提高。

27

社日的一天

家有一宝，如有一老，
敬老爱老，永远记牢。
——佚名

“二月二，龙抬头，大男细女放歌喉。”每年农历二月初二这一天，夏铎铺镇忘不了服饰风华乐团、夏铎铺社区荷花健身社团，做好十足的准备，要去夏铎铺镇敬老院为老人们演出节目。为什么要选在这一天呢？这还得从社日说起。

中国传统节日中有春社日和秋社日，其中春社日又分官社与民社两种。民社日为二月初二日，民间俗称“土地公公生日”。春社日祭祀土神，祈求丰收，自然也就要热热闹闹地庆祝一番。鲁迅小说《社戏》里写“现在想，那或者是春赛，是社戏了”，就是讲的这回事（有人考证，看社戏的时间应该是在初夏。本文不作考究）。

在去敬老院之前，总指挥罗美元带领一众演员和观众，在罗家塘土地庙举行了隆重的祭拜仪式。随后有地方花鼓戏《送财》《安寿保》《小槐荫》和民乐独奏、合奏及歌舞，一时间好不热闹。这时，远在广东的夏铎铺游子文志光也有感于家

社日活动现场

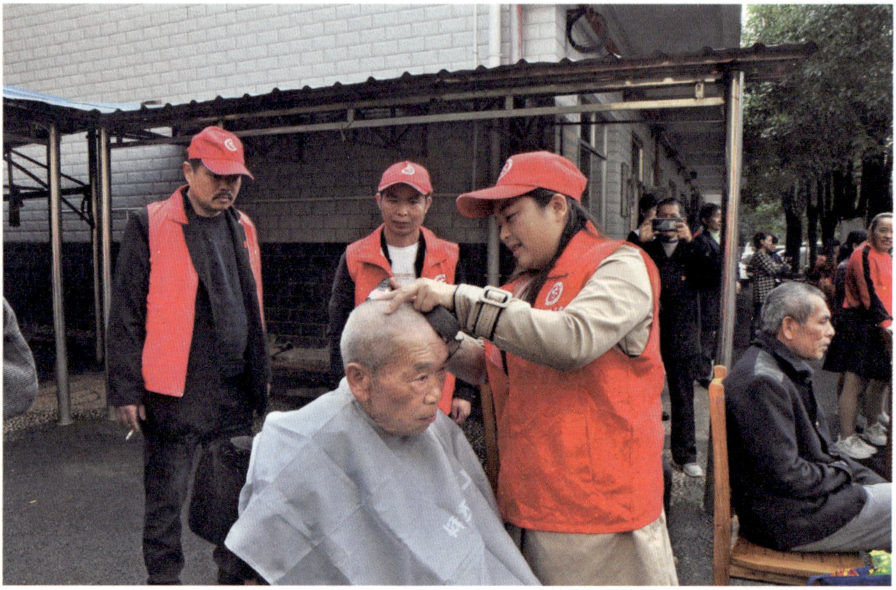

■ 志愿者来敬老院热心为老人理发、刮胡子等

乡社日，发来微信祝诗："瘟随寒气尽，今又龙抬头。土庙香烟袅，祥云玉岭浮。睦邻牵袖领，杜宇唤雎鸠。景在他乡设，心将故里游"，为社日活动增添一抹亮色。

这天，敬老院院长曾海江早上起来，心里惦记着社日的热闹，却忽然感觉窗外袭来一股凉意。他猛然想到，虽然疫情放开了，虽然天空放晴，但寒气并未散尽，院内大厅面积不够，老人们不宜到露天观赏节目，个别老人可能着凉，几十年院长的经历警醒他必须以防万一，于是立即与总指挥商量在敬老院演出的日期推后。总指挥历来把老人的健康摆第一位，当即表

■ 工作人员、演职人员和敬老院老人在文艺演出活动后合影

态改期，大家也都表示理解，且暂存着一份牵挂。

夏铎铺镇这地方的敬天爱人氛围较浓，尤其是惜老爱老敬老更成风气。社日的这天晚上，本书作者又受邀参加了在三不忘书屋召开的忘不了服饰关工委座谈会，与会者有忘不了服饰公司员工、市委组织部有关领导、三不忘书屋读者、初心使徒社成员、书屋与敬老院的联络员，座谈的内容就是人的生老病死，二十个人几乎每人都发了言，很多说法新鲜打动人。比如，忘不了服饰公司员工彭军芳说智能制造在服饰行业的应用；公司关工委蔡力强主任讲降本增效与原子电子物理原理的关系；在读大学生杨锦讲微信群的人格知识分享；公司驾驶员文聪讲教育好孩子先要成为孩子的榜样，要努力用自己的能量去温暖身边的人；书屋管理员刘月清讲关工委的成绩和不足，以及活到老学到老；组织部领导詹爱芝讲要加强对老年人的心理咨询工作；三不忘书屋主人罗美元讲要众人划桨开大船，在做好关工委工作中享受这个过程。本书作者的发言在心里：一直以为关工委的工作只关心下一代，原来你们这个关工委还关心了上一代，把敬老院也包了进来。

28

亲如一家的关系

天意怜幽草，人间重晚晴。

——李商隐

2023年2月22日，天空有些灰蒙，还不时飘过几丝零星小雨，让初春的天气平添了几分寒意。这天，我们爱心团队采访组一行五人，来到夏铎铺镇敬老院基地村唐建仁老书记家，听他讲几十年以来，敬老院与基地村的鱼水关系。

车子几经山路的蜿蜒曲折后，高德小姐终于大声喊出：“已经到达目的地附近。”车外，已经有镇政府退休干部叶水平在等候我们。我们下得车来，再爬上一个小坡，一栋简朴的老式乡村二层楼房便出现在我们眼前，这就是在敬老院基地村关子冲担任过二十五年村支书的唐建仁老书记家；在镇政府工作人员卢立煌和退休干部朱立章的陪同下，我们来到屋里，见到了这位和房子一样朴素的唐书记，从支书岗位退休已有十二年多，虽然年届七旬，但从他挺直的身板和古铜色的脸上，仍然看得出这是一个热情、正直、办事认真有原则的老基层工作者。

从与他的交谈中了解到，敬老院所在地属于关子冲四组，1984 年，当时的农村经济社会管理体制是三级（人民公社、生产大队、生产队）所有，队为基础。龙凤山公社决定筹建敬老院，选址就在这里，一个决定把原来大队的茶场、杉木基地的 12 亩地，加上一口水塘的土地划归了敬老院，公社给了 3600 元钱作为对大队的补偿。因为惜老敬老爱老的传统在这里根深蒂固，所以人们对补偿款的微薄并无微词。

敬老院成立之初，经济条件非常有限，五保老人只有一年五十元的生活补助，条件艰苦。首任院长曾凡庆采取自己动手扎扫把、养鸡、养猪等办法创收，加上当地政府、县市

采访基地村唐建仁老书记

■ 2016 年重阳节三赢农庄陈代义来夏铎铺镇敬老院慰问

各级给予大力扶持，敬老院的条件不断得到改善，因而五保老人数量不断增加，扩建规模成了必须面对的问题。为此，在农村管理体制已改为乡（镇）、村、组时，镇政府又与村组协商，将村上的几亩菜地无偿划给敬老院，建了一个八间落地二层的楼房，同样得到村民的理解。随着敬老院越办越好，又提出了扩大规模的需求。2013 年，镇政府又将村上副业队的一个鞭炮厂房连带周边的 10 多亩土地，再一次无偿划给敬老院。这一次有部分村民有些想法了，擅自到划归地里占地种

■ 忘不了服饰执行董事刘佳玟带着孩子去敬老院看望老人们

菜，渐与院里发生一些矛盾。镇村两级随即召开有镇村组及村民和敬老院人员参加的协调会，经过反复沟通，最后达成共识：敬老院办得好，扩大了基地村组的影响和社会效益，院里需要劳工、护理员第一优先考虑安排当地村民，解决了部分劳动力的就业；今后敬老院扩建规划新增用地，不能越过村组先斩后奏，村民也不能擅自侵占已划土地。作为基地村的支部书记，唐建仁当场代表村组表态，对于敬老院的事业，基地村应该给予支持，共同为本镇本村的老龄事业作出贡献，确认新增规划用地全部无偿送给敬老院。就在这一年，敬老院新建了一栋六层的住宿电梯楼，住房配套设施现代化水平整体提高了一个档次。至今，关子冲基地村在继任的支、村两委领导下，与敬老院一直友好相处，没有发生过矛盾和纠纷。一直参与采访的镇政府工作人员卢立煌，感慨地写下了四句诗：前人栽树后人凉，敬老尊贤民族纲。仁爱义撑慈善伞，和谐世界福流长。

采访过程中，本书作者发现一个秘密，叶水平曾经是夏铎铺镇政府负责联该村的领导干部，与唐书记是老搭档兼老朋友；他的妻子既是忘不了服饰公司与敬老院的联络员、三不忘书屋管理员，还兼任了本书采访组的组长。有这样紧密的力量和亲密的关系托底与加持，何愁敬老院办不好呢？

29

不速之客

积善与行孝，可以立其身。

——黄庭坚

2022年11月15日，家住宁乡市玉潭街道嘉诚花园小区的张凯元老人家，迎来了一群不速之客。

“啊！老朋友！老朋友！”

“张书记，您老人家好啊！”

已经快90岁的张凯元丢掉拐杖，与忘不了服饰公司原董事长罗美元四手紧紧相握，久别的激动之情溢于言表。与罗美元同行的一众人见到老领导身体健朗，也都开怀一笑。

罗美元向张凯元介绍说：“这是我新建的又一个公益爱心团队。”

张凯元一脸的笑：“我知道你退休以后一直在做公益，建新团队是不是又有新项目？”

“正是。”罗美元神秘地说，“这次是专门为做公益事业的人编书。您猜第一本书是什么内容？”

“莫不是敬老院？”张凯元瞪大眼睛反问。

“您怎么猜到的?”罗美元既诧异又高兴。

“我正在想着那个地方呢!”原来，张凯元几年前“微服私访”过夏铎铺镇敬老院，看到被青山绿树环绕的院子打扫得干干净净，方正的小广场上健身设施和养老设施一应俱全，乒乓球室、棋牌室、图书室内，老人们或切磋技艺或静静看书，一派岁月静好的光景，尤其是看到新建的六层楼房安上了电梯，心里异常高兴。当他得知院长是他当年亲自选定的曾凡庆的儿子，一个劲说，有其父必有其子。

曾经担任张凯元秘书的朱立章告诉他，老人们的房间有席梦思，空调放心用；吃饭三菜一汤或者四菜一汤，每天不重样；特护房有供氧、呼救等设备，跟正规医院病房无差别……

“不容易！不简单!”张凯元一边点头一边夸赞，“这些年跨了几大步啊!”

“确实是几大步。”专门负责敬老院资料收集的刘月清补充汇报，“2013 年开始进行了改扩建，新建综合楼一栋。2018 年又修建了特护楼，并添置了医护设备，有专业的护理人员为老人提供一对一的护理。去年开通了自来水，解决了困扰 30 多年的用水难题。”

张凯元一直高兴地听着，突然问：“你们编书，肯定是

编委会成员到张凯元老书记家采访

来要我提供当年建院的情况吧?”

罗美元说:“正是。万丈高楼平地起,您是起敬老院的发动机,我们想了解最初的情况。我今天带了忘不了服饰的副总监来照相,还有原《宁乡日报》的老总来做记录,您可要不吝赐教哦!”说完哈哈一笑,气氛进一步活跃起来。

就在这样的气氛中,张凯元把他所知道的那些开创蹶基的陈年旧事和心路历程抖了个底朝天。不过他一边答又一边问,比如问罗美元:“听说敬老院的谢阿婆每年重阳节和农历小年都等着你去为她梳头?”罗美元浅笑着回答:“是的,每年这两个日子我们忘不了服饰都去敬老院送温情做公益。谢阿婆没有女儿,她认我做女儿。”过一会儿,张凯元谈着谈着又问忘不了服饰副总监李尚书:“听说你们公司每次去慰问都要带上纸笔记录老人们的所求所想?”李尚书恭敬地回答:“这是我们罗董要求必须做到的,要尽最大的努力去满足老人们的要求。她还说我们不是去施舍的,我们是去感恩的。”

“嗯,”张凯元若有所思,“中国进入老龄社会了。罗美元你做得好,你们企业做得好!”

罗美元说:“凡是过往皆为序章,我们还想做得更好,通过公益活动和公益宣传,使更多的人来推动共同富裕,走中国式现代化的道路。”

采访结束，我们想在外面请凯元书记吃饭，表示对他的谢意和敬意，谁知他早就嘱保姆备好了饭菜，而且非常丰盛可口，席间虽然都谢辞不用酒，但大家因公益而结缘，胜过喝酒，心里美醉了。

30

院长答“土记者”问

人人亲其亲，长其长，而天下平。

——《孟子》

因为我们都没有记者证，所以自称“土记者”。

我们从夏铎铺镇敬老院三十多年“鸡毛蒜皮”的故事中，读出了他们大大的胸怀、高高的境界、远远的视野。这使我们见识了一群底层的楷模，他们没有耀眼的身份标签，没有高光的登台记录；他们像张富清一样几十年兢兢业业做事，无愧于社会；他们比某些追名逐利惯弄口舌的人高尚，比某些脱离人民只会讲空话的人神圣。他们是我们学习的榜样。为此，我们专题访问了现任院长曾海江，希望他把敬老院的历史和现状，以及他们办院的经验和心得向社会推介。这个比他的父亲老曾院长稍善言谈、已过退休年龄的基层干部欣然同意。下面我们择其要点公布访谈记录。

土记者：很高兴院长愿意接受我们的采访。

曾院长：谢谢你们为老年事业鼓与呼！我们只是做了我们职责之内应该做好的事情，有的地方被你们谬赞了，不过那是我们努力的方向。夏铎铺镇敬老院是公办养老福利事业单位，创办于 1985 年，占地 20 多亩，2013 年开始进行扩建，总投资 1100 多万元，并建成功能齐全的特护楼。现在，院内大坪进行了黑化、绿化和亮化。拥有 100 间宿舍、150 个床位（护理型床位 100 张）。共有居住老人 85 人（其中全失能人员、半失能人员共 50 人），工作人员 14 人，合计居住人员 99 人（由于采取养老与敬老相结合、有偿与无偿相结合的模式，其中养老的 55 人）。院内设有健身室、娱乐室、棋牌室、休闲室等活动室；建立了老人健康档案，详细记录了老人的身体状况、病史、亲属情况、联系方式等情况；办理居民医疗保险，让老人感受到“老有所养、老有所医、老有所为、老

曾海江院长（前排左四）和他的敬老院服务团队

■ 本书作者黄沃若（前排右四）与敬老院工作人员和老人合影

有所学、老有所乐”。在人身安全、食品安全、消防安全、环境安全等方面达到了上级要求，没有发生事故。2021年我院通过省市验收被评为“湖南省三星级敬老院”。现在，我院已基本达到多功能、高品位、花园式的建院标准，成为老年人颐养天年的理想场所，成为环境优雅、功能齐全的老人乐园。

土记者：听说敬老院要走出去服务？

曾院长：今年根据上级精神，我们进行了服务转型，在镇政府领导下，在满足特困人员集中供养需求的基础上，充分利用我院资源，拓展社会寄养、日间照料、上门照护等一切方便本区域照料服务的养老新模式，至2022年12月，入住率达

曾海江院长在食堂忙碌的身影

标，居家上门服务次数 5500 多次，日间照料 500 多次。

土记者：你们敬老院办得这么好，能不能介绍一下经验？

曾院长：经验谈不上，心得有一些。首先离不开领导重视。多年来敬老院都是需要输血的单位，有了镇政府的支持帮助才一直坚持下来，并且越办越好。其次是自己要努力。要出以公心，要有爱心，要有奉献精神，要有民主作风。当年宁乡日报名记者刘怀彧表扬他们老总时讲过一句这样的话："老总聪明，老总最大的聪明是不自作聪明；老总有能力，老总最大的能力是善于发挥别人的能力。"这话对我很有启发，所以我坚持民主办院，群策群力，充分发挥每个人的长处，这些年我也总结出了一条：不能发现和发挥别人的长处，便是我的短处。同时，还要敢于和善于开拓。这些年我们多措并举，做到了以院养院，并且有所节余了。其三，敬老院是为社会服务的，也就少不了社会的支持，这也是一种鱼与水的关系。我接手的22年来，粗略统计给予我们资金物资支持的单位和个人不下1万个，总计在300万元以上。其中最大的一次是长沙市政协谢丽霞主任组织港澳委员支持86万元为我们改造厨房和食堂。从建院到现在从未间断、年年支持两次以上的是忘不了服饰公司及其创始人罗美元，捐赠金额已达200多万元。罗美元不仅提供物资支持，还特别注重为我们与社会建立长期的情感纽带，使社会关注我们，也使我们走向社会。

土记者：罗董是全国人大代表，她看得更远，如今她在关注中国进入老龄社会后的诸多发展问题，这次对你们敬老院的调研和宣传，就是她策划的。

曾院长：我们感谢她，也要向她学习，像她一样不图名利，无私奉献；坦诚待人，无愧天地；一心只为民着想，要留善举在人间。

土记者：请您谈一下，怎样把敬老院办得比现在更好？

曾院长：有一些想法，今天谈二个重点：第一、二十多年来，随着社会的发展进步，我发觉后来入院的老人比以前入院的老人，素质、视野、追求越来越不同，有的老人甚至还具有一定的创造力。因此，今后敬老院在对老人的照护上，要适当地引导、因人制宜地增加健康管理、情绪疏导、精神生活、创新思维、自主意识等方面的内容。实际上，我们已经开始起步了，比如健身室、娱乐室、棋牌室、休闲室、老人健康档案室这些硬件的建立，也在积极使用，还要不断填入“软件”内容，提高服务水平，并且适当鼓励老人精神方面的合理的自我追求。第二、为了满足老年人的生活需求，国家在应对人口老龄化问题上有一系列新的举措，比如：创新居家社区养老服务模式，面向社会走出去服务，这项内容目前我们也在试行，如何在尊重老人意愿、把开放办院和社情民俗更人性化结合起来等，这些方面还有很多值得改进的空间。民族复兴和人民幸福指数的提高，是全民的共同愿望，包括老人在内，“一个也不能落下”，我们将继续努力。

后 记

刘月清

2300多年前，孟子对未来的大同世界提出了“老吾老，以及人之老，幼吾幼，以及人之幼”美好期望，敬老孝亲也一直是中华优秀文化的传统美德，被一代一代传承，并不断发扬光大。

2022年，金秋十月，丹桂飘香，在地处宁乡市东大门毗邻319国道的湖南省忘不了服饰工业园的“三不忘”书屋雅室内，一群人围坐在一起侃侃而谈，他们倾情交流的是当地夏铎铺镇敬老院30多年来发生的一系列感人事迹。书屋的主人湖南省忘不了服饰创始人、第十一届全国人大代表罗美元女士动情地说：“30多年来我每年都会在重阳和小年到院里慰问老人家，两代院长及所有的工作人员的故事感动了我。

■《我的新家》第一次筹备会

中国已经进入老龄社会，需要更多的人来关注老年事业，我想把他们的故事写出来，供大家学习，为中国的老年事业尽一份绵薄之力。”其时在座的大部分为社会各界的退休人士，也有忘不了服饰公司在职员工，大家听后纷纷赞叹，都为这个想法叫好！掌声刚刚停下，一位头发花白、精神矍铄、年届七旬的长者马上接过话头：“我也非常感动，感动于罗美元女士这么多年来的善心、善念、善行，我也来一起做公益。”他就是原湖南省人大代表、省报业协会常务理事、宁乡市志执行主编、宁乡日报社总编辑兼社长黄沃若老爷子，大家再次响起热烈的掌声，并异口同声地笑着说：“好！我们

本书作者黄沃若(右一)与忘不了服饰创始人罗美元(右三)采访退休干部黄乐之

一切行动听指挥!”接着黄老简单地分享了对接下来要做的工作的要求和想法。至此,一个善念变成了一颗善的种子,《我的新家》就在这块温馨的土壤中发芽了。

说干就干!接下来的几个月里,就是访谈敬老院院长及工作人员,收集挖掘资料,找到一切了解敬老院历程的关键人物,沟通还原故事始末,然后就是紧锣密鼓地进行采访,采访原龙凤山乡和夏铎镇老党委书记也是敬老院的发起人现年90岁的张凯元书记、第一代院长曾凡庆的妻子童玉莲、首任工作人员会计袁跃兰、原夏铎铺镇政府党委办公室主任朱立章、原夏铎铺镇政府民政工作负责人黄乐之、第二代院长曾海江及部分工作人员、忘不了服饰公司办公室工作人员，大家积极配合，提供了大量真实生动的第一手材料。每次采访一个当事人，我们都为这些普通的人，所做出的不平凡事迹而深深感动。被称为“五保书记”的张凯元，始终把最基层老百姓疾苦放在心里，那种发自内心的责任心和使命感，时过这么多年我们仍能从他的表述中感受到满满的慈悲。已故去的第一代院长曾凡庆，在1980年代艰苦落后的条件下，带领有限的几位工作人员，用不辞辛劳的实干精神，硬是为五保老人的晚年撑起了一片蓝天；虽然斯人已逝，但人们对他的开创奉献仍交口称赞。现任院长曾海江，放弃村支部书记岗位，跑到敬老院去接一个当时欠债10多万元的摊子；通过他的苦干加巧干，实施一系列创新措施，不仅还清欠款，还不断扩大养老院的规模，改善老人生活条件，成为宁乡市唯一的一家省级三星敬老院。“明知山有虎，偏向虎山行”，我经常想，一个为公益事业努力拼搏、锲而不舍的人，这是一种怎样的精神境界和格局啊！再说这次采写，每到一处，我们的黄老爷子总是始终坚持亲历现场，并不辞劳苦地听受访者详谈，坚持自己动手做笔录，采访回来将资料还原为生活中一个个生动鲜活的故事；初稿出来后他又组织大家校核、

■ 2023 年 6 月，本书定稿。所有采编人员在忘不了服饰三不忘书屋前合影

深挖、修改，一次、二次，有的甚至是三次、五次。尤其是在疫情放开，人群大面积感染的时候，黄老担心自己的身体出问题而影响到本书的完工，硬是不顾个人身体的安危，夜以继日地进行写稿编辑，并抓紧时间组织审稿、修改。这种不厌其烦、对工作极其认真、对历史对人物故事的尊重，对公益事业所表现出来的极度热忱和负责的精神，都令我们十分感动！

夏铎铺镇敬老院创建到现在已经有了 30 多年的历史，本书在采访的过程中虽然力求挖掘还原最真实的历史，但是由于年代久远，当事人的记忆也有些被时间冲淡而变得模糊，更有部分当事人已经故去，不可避免有与真相存在少许偏差的地方，不可避免有更为真情实感的人物故事被遗漏没有列入其中，请读者见谅，并多提宝贵意见。

总之，夏铎铺镇敬老院，从无到有，在各级政府的关怀和社会各界爱心人士的帮助下，经过两代人的努力付出，不断发展壮大，由最初的10来人发展到现在100多人规模，殊为不易！工作人员舍自己的小家，为敬老院的大家，把老人们照顾得非常好，衣服被褥处理得干干净净；敬老院里，看书、健身、娱乐生活十分丰富，老人们都把这里当成自己晚年最新最美的家。这种敬老尊贤的美德，唯有不断传承发扬，社会才能永续和谐。所以我们编委会的全体成员共同呼吁，社会各界更多的爱心人士，大家都来关注老年事业，为老年人提供更好的服务和保障、为促进老年人的健康和幸福、推动国家的发展和进步奉献一份力量。

策划本书的公益爱心团队由罗美元女士领衔并主持审稿，编委成员有黄沃若、刘月清、詹爱芝、朱立章、李尚书、曾晓利、杨凯、曾海江、袁跃兰、汤建斌、冯爱华；本书摄影工作人员有蔡力强、石祯专、叶正强、易细夫子、李尚书、曾晓利、刘月清、汤建斌、刘石江。采写、出版过程中，得到长沙市民政局、宁乡市民政局、百花文艺出版社、夏铎铺镇党委、夏铎铺镇人民政府、夏铎铺镇敬老院、湖南省忘不了服饰有限公司、忘不了服饰三不忘书屋、忘不了服饰风华乐队、夏铎铺镇龙福新村支村两委、夏铎铺镇龙福新村原关子冲铁坑冲，以及刘亮、胡庆甫、姜汉明、金章国、李重臣、石祯专、张凯元、赵曦之、戴碧江、叶水平、蔡力强、谢佳正、黄乐之、卢立煌、杨蓉、唐建仁、叶正强等单位和个人的支持和帮助，在此一并深表谢忱！